黒猫と語らう四人のイリュージョニスト

Mori Akimaro

森晶麿

早川書房

黒猫と語らう四人のイリュージョニスト

黒猫と語らう四人のイリュージョニスト

目次

カバーイラスト／丹地陽子
装幀／早川書房デザイン室

プロローグ

毎日の、平坦な道のどこかに、これまでとこれからを分ける境界線がある。

毎日、毎時間、毎分、毎秒。

そう気づいたのは、もう二年前のことになるのだろうか。不意に過ぎる歳月の速さに立ち眩《くら》みそうになる。気がつけば、三十代がすぐそこに迫っていた。あまり年齢で物事を考えることはないとはいえ、二十歳に「ようやく」なったと感じたときに比べると、そこからの十年のあまりの速さには少しばかり何か細工が施されているのでは、と疑いたくなるほどだ。

そんなわけで、生まれて二十九回目の十月三日を迎えた。

十月三日は、誕生日ではないけれど、ちょっと特別な日だ。我が研究対象たるエドガー・アラン・ポオが〈グース・サージェンツ〉という酒場で泥酔状態で発見された日であり、この頃になると、ポオがなぜ深酒を呷《あお》っていたのかについてしぜんと思いを馳せずにはいられない。命日のほうは会報誌や何やかやでも騒がしく取り上げられるから、その四日前のこの日を、こちらは大切にしている。

酒場から運び出されたとき、十月の乾いた夜風はポオにはどのように感じられたのだろうか。幻滅と絶望の狭間で身動きがとれないほどに酔っ払い、ついには、かつての天啓も何もかもが意識の向こうに霞《かす》んでいった。

これまでとこれからを分ける境界線――ポオにもそれが訪れた。

彼のマンションを出て大学に向かう前に、石神井公園に寄った。いま時分は虫も少なく、紅葉こそ少し先だけれど、散策するのには悪くない季節だ。

黒猫と自分にしか立ち入ることのできない記憶が集積された場所。ほかの誰かがここを訪れても、解けない暗号で溢れた場所。公園の主ともいうべき石神井池は今日も穏やかな表情で訪れる人々を見守っている。その水面を見ていると、学生になってからの歳月が反射されてそこらじゅうに照応している気がする。池から突き出た棒の上にいる二匹の亀の潤った甲羅にも、その光は吸収される。

「君たちは二匹ですか」

昨夜はうまく寝付くことができなかった。たぶん、大きな決断を胸に秘めているせいだった。婚約という事象は、人生を振り返った時、やはり大きな境界線になるのだろうか？　そんなことばかり考えてしまってほとんど眠らずに朝を迎えることになった。

これまでとこれからを分ける境界線。婚約の場合、意識の途切れとはちがって幸福な線引きと言えるかもしれない。けれど、これまでの自分と何かが変わってしまう、という漠としたおそれが、その奥底に見え隠れするのも確かだ。

かつて黒猫は「エッフェル塔のレストランに行かないか?」という独特の表現でプロポーズをしてくれた。他人同士が生涯共に暮らす契約を結ぶ行為のナンセンスさを、エッフェル塔に譬《たと》え、それを見なくてもいい塔の上に行こう、と。

結局、実際に婚約という行為を選択するのに、そこから二年もかかってしまった。なぜあの時でなくて、今だったのか。その答えは単純だけれど、単純であればこそ誰にも言いたくないものでもあった。

何であれ、わたしは、わたしの選択をするだけ——。

心のなかでそう繰り返した。

「さあ行きましょ。朝の感傷タイムはおしまい」

自分に言い聞かせて立ち上がった。その動作に驚いたのか、二匹の亀がどぼんと音を立てて池の中に逃げ込んだ。誰も取って食べたりしないのに。

公園から駅へ向かうと、ちょうど都心へ向かう電車が到着したところだった。走って乗り込む頃には、もう感傷も何もかも後退していた。

美学研究棟研究室、通称〈イチケン〉に着いたのは八時だった。ここは個室をもつ教授陣以外の研究員が出入りする。〈イチケン〉と呼ばれるのは、あとから増設された研究室第二と区分するためだが、〈ニケン〉の場所は院生しか知らないため、多くの学生はなぜここを〈イチケン〉と呼ぶのかわかっていない。

八時半を過ぎるまでは、誰も来ない。講義が始まるのは九時。その三十分以上も前に来る研究者なんて聞いたことがない。荷物を下ろし、軽く伸びをしてから、机の上の整理を始めた。このところ、過去の論文のために図書館でコピーした文献の束を少しずつ処分し始めた。必要な情報は頭にあり、その源も把握している。それを大量に印刷してそこかしこに積んでいたのは、ここ数年の研究生活で身についてしまった悪癖だった。

「ちょっと早すぎた……？」

そろそろ、いったんすべてをリセットする時期がきているのだ。どうやら、今はそういう時期に差し掛かっているらしい。

少しばかり仮眠をとることにした。椅子の背もたれに寄りかかって肘掛けに頬杖《ほおづえ》をつき、目を閉じる。

そのわずかなまどろみの間に、黒猫の夢を見ることになった。ずいぶん久しぶりな気がする。最近は、夢というものをそもそもあまり見ない。見ても一瞬で忘れてしまうのだ。忙しすぎるのかもしれない。

夢のなかの黒猫は、鏡のほうを向いていたけれど、鏡のなかの黒猫もやはり背中を向けていた。ああこれはルネ・マグリットの《複製禁止》だな、とわかる。背を向けたままの黒猫の手には空《から》の酒瓶が握られている。深酒をしているのだろうか。亡くなる四日前のポオみたいに。

黒猫は、ふらつき気味に力なく倒れこみながら、こちらの名を呼んだ。

助けに行かなきゃ——そう思ったのに、自分がどこにいるのかわからない、というところで目が覚めた。

八時三十五分。まだ部屋には自分以外誰もいなかった。夢の最後の部分は、いかにも都合がよく、自己愛の香りがして思い返すだに自己嫌悪に陥りそうだった。

エッフェル塔のキーホルダーを、取り出して眺めた。研究室の窓から差し込む光を、あの頃と変わらずに反射させる。そして、一筋の光が机の上に作られた。

まるで、これまでとこれからを分ける境界線のようだ。

はっきりしない頭でぼんやりとその光の筋を見ていたら、声が降ってきた。

「少しは、目が覚めたかね？」

もう少しで心臓が止まるかと思った。振り返ると、真後ろに、窓の外を眺めている唐草《からくさ》教授の姿があった。

「ずいぶん早くに出勤しているね。えらい、と褒《ほ》めたいところだが、寝不足はいかんよ」

「すみません……昨夜、うまく寝付けなくて」

「何か悩みでも?」

「いえ、悩みといいますか……じつは……」

切り出すタイミングとしてはむしろ最適に思えた。時間、相手、場所、タイミング、すべてがそろっている。ところが、唐草教授はそれに気づかず話し始めた。

「そんな君に、こんな話をするのはどうかと思うのだが——君しか頼める人を思いつかなくてね。『ザディーグ』にはザディーグが、『カンディード』にはカンディードが相応《ふさわ》しいように、一つの現象《ファイノメノ》を掘り進める役者は、あらかじめ決まっているものらしい」

唐草教授はいつになく深刻な調子でそう言った。仕方なく、始めようとした言葉を喉の奥へと引っ込める。

「私でよければ」

「ほかでもない、黒猫クンのことなんだがね。彼が長期休暇を申請したことは知っているよね?」

「はい」

黒猫は先月の終わりに長期休暇の申請をした。先日の会議の席で、唐草教授が全体に向けてそう告知をした。そのことに、誰も質問は差しはさまなかった。黒猫から何も聞いていなかったから、いささか驚いたけれど、黒猫がそう決めたのなら何か大事なことがあるのだろう、と考えることにした。

　ここ二年、自分のことは自分で考えて動くという当たり前が様《さま》になってきた。最初は黒猫の見《み》様見真似《ようみまね》だったものが、自分のものとして定着したまではよかった。けれど、気がつくと黒猫も自分もそれぞれの行動指針に立ち入らないのが常となっていた。

　だから、この長期休暇の件も、あえて詳しく話を聞こうとは考えなかった。黒猫には黒猫のつもりがある。自分に自分のつもりがあるように。

「じつはね、あの長期休暇申請以来、連絡がつかなくなっている。事情が変わってどうしても至急彼に会わなくてはならないんだけどね。君は何か聞いていないかね？」

「しばらく旅に、とは聞いていますが……最近はテレビの仕事も多いですし、海外出張も増えているので、いちいちどこへとは聞かないんです」

　厳密には旅に、とは言わなかったか、と思い返す。

　――しばらく遠くへ行く。

　――遠く？　それは、海外？

　――物理的な距離に限定するのが早すぎるね。もしかしたら、僕は思索の海についての話をしているかもしれない。

　――じゃあ思索の海の底へでも？　それは仕事で？

　――僕の頭のなかはつねに研究だよ。眠っている間でさえ、ね。

　黒猫が来年出版予定の大著の準備のためにこれまで以上に研究に専念している気配は、察してはいた。そのテーマは彼が数年前に提示した〈遊動図式〉の概念を革新的に進化させた内容になっている、というのがもっぱらの噂だった。

ベルクソンの〈力動図式〉を黒猫が独自の視点で拡大解釈し、進化させた〈遊動図式〉は人間のイマージュの在り方を把捉《はそく》する理論として画期的だった。その理論が果たしてどんな実を結んだのか、国内外の研究者たちからの注目も集まっている。

——大学には言ってあるの？　もしも物理的に遠くへ行くとして、だけど。

——君は心配性だね。大学にはすでに休暇申請が受理されてるよ。その間の行動にいちいち許可は要らないんだ。たとえ月面旅行に出かけるとしてもね。

「どうも心配だ。ああいう天才が、一度どこか精神の深い溝にはまり込んだときにどうなるのか、予測がつかない」

「……心当たりはないんでしょうか？」

「私がそれを君に聞きたいところだが……なくはないんだ」

唐草教授はそう言って、リストを渡してきた。

「これは？」

「研究棟の訪問者リストだ。黒猫が姿を消す最後の十日間に、それだけの人間が黒猫に面会申込をしている。多忙な男だからね、たいていは編集者や研究者の類《たぐい》だが。この中に、見知らぬ名前が数名あってね」

そこには、ずらりと二十人ほどの名前が記されていた。

一通り眺めて、研究者や編集者ではない者で、なおかつ見た瞬間、おや、と思う名前に出くわした。一人は直接会ってもいるが、あとの二人については黒猫から話を聞いていた。いずれもこの半年のあいだに、黒猫が関わった者たちだ。

「この中に、三人ほど、研究者ではないんですが、黒猫から名前を聞いたことのある人たちがいます。黒猫がこの半年のあいだに関わったことのある相手です。あと、一人見知らぬ名前も」

「どの人かね？」

慎重に、指をさした。

赤城《あかぎ》藍歌《あいか》、平埜《ひらの》玲《れい》、網野《あみの》美亜《みあ》。そして、見知らぬ名前が、魚住《うおずみ》ゆう。

いずれも、連絡先が並記されている。

「赤城藍歌は、あの《ぶどうのうた》で有名な元歌手です。平埜玲は『西にて死なむ』に主演した俳優、網野美亜は現代画家で、魚住ゆうは……わかりません」

「なるほど。そう言われて改めて考えてみれば、うち二人ほどは私も字面はなんとなく見覚えがある気もするね……有名人、といえる人たちだったのか。なぜ彼らが黒猫のもとを訪れているのだろうね？　しかも連絡がとれなくなる最後の十日間に」

「そうですね……この半年のあいだに黒猫と関わった者たちが、集中して訪れている。……黒猫の失踪理由となにか関係があるのかもしれません」

「やはりそう思うかね。君、最近はとても忙しくしていると思うのだが……調べてもらえないだろうか？　このまま連絡がつかないと、場合によっては、彼はこの大学にいられなくなるかもしれない。それは避けたいんだ」

唐草教授の表情は深刻だった。当時二十四歳だった教え子を、助教も准教授も飛ばして教授に据えたのは、彼の独断だった。周囲の反対を押し切っての決断で、それゆえに唐草教授は多くの非難に晒《さら》されたとも聞く。

だが、その目論見《もくろみ》は当たり、黒猫は学会を超えて出版界からもテレビ業界からも引く手あまたの寵児《ちょうじ》となった。とくにこの二年は、どこに寝る時間があるのか気になるほどの目まぐるしい活躍ぶりだった。

そのルートを作った唐草教授が、いま教え子の研究人生を気にかけている。

「わかりました。すぐに動きます」

「すまない……君も多忙なことはわかっているが」

講義だけではなく、今年から学会での役割も増え、そのぶん雑務も山ほど抱えている。

それでも、この任務だけはほかの誰かに任せるわけにはいかなかった。

「お任せください」

まずは動かなければ。婚約の報告をするどころではなくなってしまった。

唐草教授が出て行くと、ためしに黒猫にメッセージを入れてみた。だが、既読はつかない。電話をかけてみたけれど、十回鳴らしても黒猫が電話口に出ることはなかった。

まずは訪問者リストに名前のあった四人に一人ずつ電話をかけていくしかないのかもしれない。

窓の外に見える欅《けやき》の枝に、百舌鳥《もず》がとまっていた。赤く色づき出した葉に、隠れるようなその体の色が、ざわざわと動いて、やがて何か仲間に知らせたいことでもあるのか、キィイイと鋭い声で鳴くと、甚《はなは》だしい速度で飛び立った。

動く鳥をみて、まだ動いていない自分の愚鈍さを呪った。さあ動け。行動こそ最大の思考。それがここ数年の答えでもある。考える前に、まず手を動かすこと。

最初にかけるのは、赤城藍歌。二十年前の歌姫。その姿はネットを漁ればすぐに出てくる。けれど、それらはすべて遠い過去のものだ。

本物の彼女は、それからの歳月をどこかでひっそりと生きてきた。黒猫から、彼女とのエピソードをほんのわずかに聞いている。

電話を手に取り、ゆっくりと番号を押していった。

第一話　誰も知らない流行歌

■メッツェンガーシュタイン

Metzengerstein, 1832

ベルリフィッツィング家とメッツェンガーシュタイン家との間には、幾百年もの間、不和の状態が続いていた。だが、若くしてメッツェンガーシュタイン家の当主となったフレデリックの残忍さは前代未聞で、当主に就いてたった三日でその悪名が周囲に知れ渡るほどとなった。

そして四日目、ベルリフィッツィング家の厩で火災が起こり、愛馬を救おうとした当主のヴィルヘルム伯が焼死する。同じ頃、周囲に放火の犯人と目されていた当のフレデリックは、自室の豪華なつづれ織りの壁掛けを眺めていた。とりわけ、代々の先祖の蛮行が描かれたその壁掛けの中の巨大な馬に、フレデリックは魅入っていた。

そして門の外に出たまさにその時、絵の馬に生き写しの馬が、家来たちに取り押さえられているのに遭遇する。フレデリックはその馬を自分のものにするのだが——。ポオがその文才を開花させた戦慄のデビュー短篇。

1

誰にも気づかれることなく、計画を実行できた。

赤城藍歌はそのことにひとまずの満足を得ると、足早に会場から出て傘を差した。長居は無用だ。慣れない黒のスカートスーツを最後に着たのは五年も前のこと。その頃から体型が変わったつもりはないが、日頃あまりタイトな服を着ないせいか、苦手な親戚と顔を合わせた時のような疲労感が押し寄せてきた。

傘の上で、悲しみが跳ねた。

その間隔は徐々に短くなり、やがて空間を隈《くま》なく埋め尽くしていく。景色は潤いに満ち溢れ、そのままどこかに流れてしまいそうに見えた。

この街の六月の、平均的な風景。

赤城藍歌はマルボロを根元まで吸ってから消した。雨季の煙草はそれほど旨くはないが、どうにか呼吸を整える働きはしてくれる。

藍歌の視線の先には、鯨幕《げいまく》がピアノの鍵盤よろしく連なっている。作詞家・戌井《いぬい》紅介《こうすけ》の葬儀の会場には、さっきから弔問客が絶えない。雑司ヶ谷鬼子母神堂《きしもじんどう》のほど近くにあるこのセレモニーホールでは、過去にも何人かの芸能人の葬儀が行われた。そのたびに案内状が届いたものだが、実際に足を運ぶのは、思えば初めてのことだった。

いわゆる業界関係者の顔が多く、有名人を狙ったマスコミの姿もちらほらと見える。静謐《せいひつ》であるべき舞台にあって、情報に飢えた者たちは古いモノクロ映像にまじるノイズのようで煩《わずら》わしい。

これだから葬儀って嫌よ。

濃いサングラス越しに藍歌はそれらを眺めている。氾濫《はんらん》寸前の濁流を橋の上から眺めていた少女時代が脳裏をよぎる。あのときも今日みたいな赤い傘を差していたのだったか。考えてみれば、この傘の色は葬式という場にはまったく不釣り合いだった。家を出るときに傘にまで気が回らなかったのは、少なからず自分がまだ動転していた証拠だろう。

戌井紅介の死の知らせはあまりに唐突だった。昨今は長寿化が進んだせいもあって六十や七十で亡くなっても「早すぎる」と言われる。その伝でいけば、六十一歳でこの世を去った戌井は、早すぎる死と言われるものだろう。闘病の末の死とはいえ、その病魔の足取りは想像を超えていた。藍歌は夕方にネットサーフィンをしているさなかにその訃報を知った。親族や事務所から藍歌のもとに改めて知らせが届くようなことはなかった。当たり前だ。十年前には藍歌はもう業界から離れていた。

ニュースを目にしてすぐ、藍歌はケータイを確かめなおした。ずっと昔に交換した戌井のメールアドレスから何か最近になって連絡はなかったか。むろんそんなわけはない。それでも何度もメールサーバーを開いてしまった。死者からのコンタクトを待ち望む脳のバグか。不在を認識できないとき、幻肢を動かすように人は失われた時に縋《すが》ろうとする。

若い記者が、敷地内のゲート寄りの木陰に佇んでいる藍歌を見つけて、近づいてきた。

「もしかして、赤城藍歌さんですよね？　あなたの代表曲《ぶどうのうた》を生んだ戌井さんへ一言」

記者は、最近の若者にありがちな清潔さと中性的な雰囲気を纏《まと》っている。こういった世代になっても、マスコミという前世紀が生んだ機関は、前世紀的な手法で歩兵を突撃させるらしい。

藍歌はまず彼らへの礼儀として、煙草の吸殻をエチケットポケットにしまった。発言がどれほどくだらなくとも、それは与えられた武器がくだらないということでしかない。

「まず、雨のなかお仕事ご苦労様です。今日ここを訪れる人々は死者を弔《とむら》いに来ていますが、あなた方は違う。こんな日でも自らの仕事のために動いている。その点では、まったくご苦労様です。それで、質問についてですが、残念ながら、意図がわかりかねます。まず、あなた方はここが戌井紅介さんの葬儀場であることをご存じで、もちろんそれは戌井紅介さんが亡くなっていることを意味していますよね？　なのに、死者に一言を、という。ここにいない者に言葉を届けることは、この二十一世紀においてもやはり不可能なのでは？」

「え？　あぁ……いえ、つまり、この場にもし戌井紅介さんがいらしたらなんとお伝えしたいですか、という話です」

青年はそう言いながら、ふっと後ろに目を走らせる。まだほかのマスコミが藍歌の存在に気づいていないことを確かめたのか、もっと大きな魚を探しただけか。

「この場にいたら、という仮定の話に答えることはできません。それに、そのような想定ができたとして、それを戌井紅介ではないあなたに伝える意味が理解できません」

藍歌の返しに、いささか青年は苛立ったようだった。

「国民みんなが知りたがっているんです。そのコメントに、藍歌さんのお人柄が顕れますし、故人との絆も推し量ることが……」

それなりに自分の言葉で行動を把握できるタイプのようだ。

「申し訳ありませんが、私はもう芸能人ではないので、国民の誰が私の言葉を知りたがろうと、それを伝えるつもりはありません。それに、さきほど《ぶどうのうた》を生んだ戌井紅介さんへ一言と仰《おっしゃ》いましたが、あなた方は誰も《ぶどうのうた》を知らない」

「……どういうことですか？」

青年の顔が曇った。そのとき、「赤城藍歌だ！」という声が入口付近で聞こえ、同時に足音が近づいてきた。マスコミの嗅覚はなかなかのもので、たった三十秒たらずのあいだに、気がつけば六社ほどのカメラと記者が群がり始めていた。だが、与えられた武器は大差ない。

「話すことはありません。家で一人で歌います」

藍歌は一言そう宣言すると、立ち去った。ゲートの外まで追ってくるかと思われたが、入れ違いに大物芸能人が入ってきたようで、そっちに関心は移っていった。

溜息をつく。

何はともあれ、今日の計画はすでに実行済みなのだ。誰にも知られずに、それを終えたことに藍歌はある種の満足感を得ながら、斜向《はす》かいのカフェへと向かった。その間も、雨粒は傘に語りかけ続けた。

2

そのカフェの名は〈アシナミ〉といった。滲《にじ》んだ水彩画みたいにひどく控えめな装飾と照明が、そのまま雨模様にしぜんに溶け込んでいたので、立ち寄ることもまたごく自然な行為であるように感じられた。恐らく、葬儀に参列した人々が利用することが多いのだろう。

場は、その客の雰囲気を敏感に察知している。入店した際、無音の空間にきたかと思ったが、次に小さな音に気づいた。ピアノ曲が、ひどく控えめに流れているのだ。藍歌はそれがベン・レーヴァーの楽曲であることまではわかったが、どのアルバムの何という曲かまではわからなかった。

店のいちばん奥の席に腰を下ろす。自分がどこかの豪邸の遺留品になったような気がした。執事と死神に交互に教えを乞うたような雰囲気の店員が現れると、藍歌はとくにメニューを見るでもなく珈琲を注文した。マンデリンかキリマンジャロかという問いに、マンデリンで、と答えたが本当はどっちでもよかった。黒い液体でありさえすれば。ただ闇を飲み込みたかったのだ。

窓は雨で景色がぼやけていた。外の憂鬱から、つかの間切り離されている。明日には、また職探しに出かけねばならない。

昨日で貯金は尽きた。だが、今さら自分に何が新しくできるというのか？　レジ打ちは難しい。最新の機械の機能を覚えられる自信もない。

四十三という年齢は、別種の業務内容を覚えるのに遅すぎることはないが、覚えた後でそれを駆使するとなると、またさらにべつの才能が必要となる。

もっと早くに売れなくなっていればよかった。デビューして数年で消えていれば、もっとつぶしが効いたかもしれない。窓の外に視線を彷徨《さまよ》わせる。行き交う業界人の流れは、曇りはじめた窓ガラスに固有名を隠されていた。その印象画のような風景を見ていると、過去にべつの選択をしていれば、その中に自分がいてもおかしくないのでは、と思えた。だが、そのような並行世界があったとしても、さして輝いているわけでもない。

どれほどの時間が経っただろうか。手元の水が半分ほど減ったところで、マンデリンが届いた。サイフォン式で淹《い》れられた深煎りの珈琲だった。三口ほどで、そろそろ舌で直接さわってもいい温度になったところで、隣のテーブルに黒いスーツ姿の男性が腰を下ろした。

黒衣であることから、咄嗟《とっさ》に葬式の参列者かと考え、顔見知りの可能性に思いを巡らせた。それとなく視線を動かして確かめたが、芸能関係者ではなさそうだった。端整な顔立ちをしているが、有名人のような絢爛《けんらん》たるオーラはない。むしろ、黴《かび》臭い洞窟で厭世《えんせい》的に身体を斜めにしているのが似合いそうだ。男は鞄から取り出した洋書を読み始めた。

水を置きにきた店員に、男はメニューを見ずに「マンデリンを」と伝えた。

店員が行ってしまうと、男は顔にかかった黒髪を指でかき上げる。

それから、不意に口を開いた。

「ここは葬儀場より、よほど静かに死者と向き合えますね」

3

思わず、男の顔をみたが、その目は洋書に向いたままだった。だが、口調から判断するに、ひとりごとではあるまい。黙っていると、男は藍歌が気づいているのを察知したようだった。

「先ほど、葬儀場でお見かけしました」

今度は、さっきよりもはっきりと藍歌に話しかけているのだとわかった。

「焼香と献花を済ませた後、あなたは親族や参列者と言葉をかわすこともなく外に出たものの、しばらくはその出入口でじっとしておられた。もうしばらく死者のそばにいたかったのでしょう。ところが、マスコミがあなたを見つけてしまった」

「今はあなたが私を見つけた。ここでも静かに向き合うのは難しそうね」

皮肉で返したはずが、それほど毒気をこめられなかった。男の推測が、あまりに的確だったせいだ。

「僕はすぐに消えますよ。お望みとあらば、席も変えましょう」

「その必要はないわ。できれば知らない相手としりとりでもしたい気分だったから」

湿っぽい感情のただ中にあって、この男ともう少し話してみたいという気になっていた。この男の声の調子、間《ま》のとり方、すべてにおいて、数少ない知人と話すよりも落ち着くものを感じた。長年よく馴染んだカーペットに座り込んだみたいだ。

「しりとりは好みじゃないんですよ、終わりがないですから」と彼は朗《ほが》らかに笑った。

「終わらないものは苦手？」

「注文したパフェの器が底なしだったら、食べる気になりますか？」

藍歌はふふっと笑った。そして、まだ自分が笑えることに、少しばかり驚いた。

「あなたは私が何者か知っているようね」

「ええ、まあ」

「でも私はあなたを知らない。フェアではないわね」

「黒猫、とだけ言っておきましょう。どうせ僕もあなたの本名は知らない。これでおあいこですね。職業は大学教授、専攻は美学です」

「美学……〈生き方の美学〉とかいうときの？　あんなものが学問になり得るの？」

「その美学とは少し異なりますが、重なる部分も。そして、ええ、学問になり得るのです。その歴史は科学や法学と同じくらいに長い」

「知らなかったわ。でもあまり実生活で役に立ちそうにない研究ね」

「その先にあるものを突き詰めずにはいられないんですよ。役に立つかどうかは、人類の限られた叡智《えいち》ではしょせん判断がつきませんからね」

「でもそれを言ったらどんなものでも研究できそうだわ」

「その通りですよ。あるものを、愛をもって掘り下げれば、たとえピーナッツでも学問たり得ます」

「私はどう？　私自体が研究対象になることは？」

「お望みとあらば。そうそう、つかの間の研究対象たるあなたに、お訊きしたいことがあります」

「ぺらぺらと口を開く対象に研究者が興味を持つとは思えないけど?」

「かもしれませんね。でも、こちらの疑問を訊くだけなら、構わないのでは?」

「答えなくていいっていうの?」

「さっき僕は言いませんでしたか? お訊きしたいことがある、と。それに答えるかどうかは、僕のあずかり知らないことです」

藍歌はこの男とは波長が合う、と思い始めていた。これは、藍歌のような人間にとってはきわめて珍しいことだった。

「誰も《ぶどうのうた》を知らない——さっきあなたはマスコミの人相手に、そう仰いました。あれはどういう意味なのでしょうか?」

「——とあなたは私に訊きたかったわけね? それでこのカフェへ?」

「いえ、マンデリンが飲みたかったからです」

黒猫はシニカルに片眉を上げてみせた。

「でも、トピック次第でマンデリンの味は深まります。味覚は主観と切り離せないものですからね、これは致し方ない」

「つまり、あなたのマンデリンを美味しくするために、私は質問に答えなければならないわけ?」

「答える答えないはあなたの自由です。質問をする自由は僕にあり、答えない自由はあなたにある」

「でもあなたの顔にはこう書いてあるわね。いずれ話すことになるなら、ここで話してマンデリンを美味しくしてくれ、と」

「珈琲の場合、相互作用の側面があるでしょうね。すなわち珈琲が会話に深みを用意することもあれば、会話が味にコクを与えることもある。しかし、あなたは僕の質問に真っ向から答えるようなことはなさらないでしょう。少し話してみてもわかりますし、しょうじきに言えば、すぐにすべてを話されても僕のほうが興が醒めてしまいます。ですから、ここはしばらく僕の話にただ耳を傾けていただくのはいかがかな、と思います。店内の音楽は主旋律を欠いている。主旋律は、お客様それぞれの心情であるべきだからですが、ここにパーカッションが加わっても問題はないでしょう」

「あなたの言葉がパーカッションほどの価値をもつのなら」

黒猫の前にマンデリンが運ばれてくる。黒猫はそれをすぐに手にとり香りをまずいっぱいに吸い込み、満足げにうなずいた。

「前提として、《ぶどうのうた》は実在しています。それはレコーディングされ、たしかな質量をもって我々の耳に届いた。かれこれ二十年前の話ですが、今でも懐メロ特集などでは紹介されることがよくある。日本の歌謡史上においてはれっきとした足跡を残した楽曲です。しかし、この楽曲をして、あなたは誰も《ぶどうのうた》を知らない、と。これはおかしな話ですね。何万人もの聴衆を虜《とりこ》にした楽曲の存在を否定するわけですから。そうなると、我々が知っているあの楽曲は何なのか、ということになります。あなたが正しいのなら、我々が知っている《ぶどうのうた》はまがい物なのでしょうか？」

藍歌はしばし考えた。この男はどこまで気づいているのだろうか？

あるいは、藍歌の予想を超えて核心に近いところにいるのかもしれない。だとしたら、答え方には慎重になったほうがいい。

「それも質問？」

「ええ。でも答える必要のない質問です。じつを言うと、僕があなたの発言に興味をもったのは、僕自身が昔からこの楽曲に一種の違和感を抱いていたからでもあるんですよ」

「違和感？」

「それは質問ですか？」

「驚いただけよ。面白いことを言うのね」

黒猫はいたずらっぽく微笑んだ。もしかしたら、今の問いかけは冗談だったのかもしれない。

ほとんど表情を変えずに笑うところが、いかにもこの男の人となりには合っている。

「『むらさき色に染められた／その瞳は何を見ているのでしょう／なくした昨日も知らぬふり／その苦しみはどこで眠るでしょう／早くぶどうを食べましょう／今日のあなたがもいでくれたその輝けるむらさきの／早くぶどうを食べましょう／明日のわたしならきっとその輝きに気づける

／ぶどうのうたを歌いましょう／あの頃と同じように』、あまり歌の歌詞をいちいち記憶しない僕でさえも諳《そら》んじられるくらい、この楽曲は有名です」

「私の親戚のおじさんは『むらさき色は茄子の色』って宴会で歌っていたけれどね」

当時、藍歌が参列する祝い事の席では、いろんな人がこの歌を茶化したものだった。今となっては、そういった出来事もいくぶん肯定的に受け止められている。

「あの歌は、平易な日本語で書かれていながら、その詞の中で起こっている出来事は不明瞭です。にもかかわらず、国民の多くがこの歌詞を覚えている。これはけっこうレアなケースだと思いますね」

「死者が聞いたら、喜ぶかもしれないわね」

戌井紅介にとって、この詞は過去最大のヒットとなり、後々まで彼の代表曲と呼ばれるようになった。

「ええ。でも、あなたは言った。『誰も《ぶどうのうた》を知らない』と。では、僕の知っているこの歌は、《ぶどうのうた》ではないということになる。世間一般的には《ぶどうのうた》であっても、少なくとも、あなたにとってはこの歌は《ぶどうのうた》ではないということですよね」

はじめて、藍歌は首を動かしかけた。

危うく、この男の誘導尋問に引っかかるところだった。

答えれば、芋づる式にすべてを話さなければならなくなる。一人の男が死に、藍歌はある計画を実行に移した。ある意味で〈完全犯罪〉はすでに成し遂げられている。あとは無駄口をきかなければいいだけだ。

「それはどうかしらね。私にとってどう、という話は一度もしていないわ。私はただ、誰も《ぶどうのうた》を知らないと言っただけで、誰にとってという話はしていない。〈誰も〉の中には私も含まれるということよ」

「いいえ、違いますね。あなたは厳密にはこう言ったのです。『あなた方は誰も《ぶどうのうた》を知らない』と」

「……それが?」

「〈誰も〉の内容は、直前の〈あなた方〉を受けています。決して〈我々〉ではない。つまり、〈誰も〉知らないが、あなただけは知っている、ということが言外のニュアンスに込められている」

この男は確実に詰めてくる。厄介な相手に、出会うべきではない場所で出会ってしまった。しかし、人の生き死にというのは、存外そういうものかもしれない。一人の人間の欠落を埋めるためには、さまざまな磁場が働き、思いもよらぬ出会いも生まれる。

「まあ、あなたの思いたいようにお思いなさい。いまは静かに弔う時間よ」

「同感です。静観は、美学においても重要なイデーです。カントは、美の自律性を保つために、美以外の一切の関心事を抜きに物事を観察することの重要性を唱えました。それはある事象を推理するときの僕の方法でもあります。美的でない真相は真相の名に値しない。これは、またその真相へ至る推理のプロセスにも言えるでしょう。美的推理以外は推理の名に値しない。すなわち、美の考察以外の一切の関心を抜きに推理することこそが好ましい。でも困りましたね」

「何が？　何が困ったの？」

「あなたは先ほど仰った。知らない人としりとりでもしたい気分だ、と。静かに弔えば、当然ですが、しりとりはできなくなります」

藍歌は思わず笑いだした。冗談を不意に挟むこの男の典雅なやり口に翻弄されそうになる。

「ええ、まったくね。困った」

「〈た〉、そうきましたか。では、〈た〉で始まる長い長い話を一つ僕がお届けするとしましょう」

「無理やりね。でも、まあいいわ。面白そうだから、付き合ってあげる」

「ありがとうございます。では、さっそくはじめますね。〈た〉。タイトルについて――」

そう切り出した瞬間から、藍歌には一つの嫌な予感があった。この男は、すでに真実に到達してしまっているのではないか、という予感が。

そして、同時に一瞬で、二十年前のあの日のことがよみがえった。

4

あの日の朝、その電話をとるまでは藍歌は上機嫌だった。

歌手デビューから半年、ようやくセカンドシングルのための歌録りが実現することになったからだ。シングル一枚だけで引退させられる子も多いなかで、ファーストシングルの売り上げが、一応百位にランクインしたことが評価された結果だった。

うまく歩いていかなくちゃ。母を見返してやるんだから。

頭の中にはいつも母、智里《ちさと》の言葉があった。

――そんな息まいて東京行って、歌手で失敗したらどうするの？　戻ってくるの？　大学も出てない娘が、歌手に失敗して戻ってきたら、この町の人たちは見世物でも見るようにしてやってくるだろうねぇ。

大丈夫、安心して、そんなことにはならないから、と藍歌は怒りを抑えて言い返した。母との間には圧倒的な上下関係がいつもあった。愛情がないわけではない。母にも、藍歌にも。けれど、その前に上下関係が立ちはだかっていて、互いの意思疎通を困難にしていた。

母には町の人々に対する見栄や体面があった。藍歌の夢を応援する気持ちの前にはそうした社会性が優先され、そこに属する自分に恥をかかせるな、という気持ちがつねにあった。それを言われてしまえば、いつも藍歌は黙るしかなかった。

母は、田舎町でずっと肩身の狭い思いで生きてきた。夫を早くに亡くして以来、宅配サービス業で一人娘を養いながら。

何かにつけて、母は〈大学も出てない娘が〉と言う。だが、大学になんか行けるお金なかったじゃないか、とそのたびに藍歌は思い、実際にその言葉が口から飛び出しかけた。けれど、言ってしまったら、何かが終わってしまう。その予感が、つねに歯止めをかけた。

母は娘を大学に行かせることだってできた、という幻想を信じている。それとも、本当に自分が進学を望んだら、大学に行かせてもらえたのだろうか？　どうやって？　とにかく、藍歌は行かなかったし、そのことで母に嫌味を言われても、言い返すことはなかった。

思っていることを言えない娘。でも、母もきっとそうなのだ。言いたいのはそんな嫌味じゃないはずなのに、いつも口先からはそんな体面ばかりが飛び出す。心が、見えない檻に入れられているのだ。

携帯電話が鳴ったのは、メイクを終え、クラッチバッグを手に玄関に向かいかけたときだった。嫌な予感がした。レコーディングが当日になってキャンセルになったのでないとよいが。そんなことを考えながら、バッグから取り出して画面をみた。見知らぬ番号だった。

「藍歌さんの電話で合ってる？　住吉です」

一瞬、誰だろうと思った。しばらく考えて、最近母が言っていた恋人の名前だ、と気づいた。

会ったことは一度もない母の恋人。半年前だったか、恋人ができた、と打ち明けられた。そのときの母は、ひどく上機嫌だった。いつになく、藍歌の仕事の調子なんかを聞きたがり、すごいじゃない、などと柄《がら》にもないことを言ったりした。その時は、反応自体が嘘くさく思えて、いっそ煩わしく、居心地の悪さを覚えてそそくさと電話を切ったものだ。

本当はすごいなんて思っていないのはわかっている。母は子に人格があることを、いつまで経ってもどこかでは認めきることができないのだから。ただ、恋人ができて上機嫌だから、思いやるふりができただけ。

以来、住吉の名は電話がかかってくるたびに何度も登場した。そのたびに不快感が胃を突き上げてきた。嫉妬ではない。肌着の裏にある品質表示タグがカサカサと当たるのに似たそれだ。その、品質表示タグが、なぜ自分に電話をかけてきたのか。というか、なぜ電話番号を知っている？　母が教えたのだろうか？

「なんでしょうか？」

「落ち着いて聞いてほしいんだけど……今朝の土砂災害のニュースは知ってる？」

今朝――そういわれても、プライベートではテレビを見ない藍歌にはぴんとこなかった。

黙っていると、住吉は続けた。

「智里さんの家の後ろにある大戸山が土砂崩れを起こしてね……君のご実家はまだ土の中にある。土砂崩れから、もう四時間が経ってる……聞いてる？　藍歌さん？」

藍歌はもっていたクラッチバッグをぎゅっと握りしめていた。その手を緩めたら、そのまま底なしの闇へと落下して永久に見つからなくなる気がして。

5

「そもそもなぜ人間はタイトルというものを必要とするようになったのでしょうね」

黒猫の声で、ハッと我に返った。

あの日から二十年あまりが経ったというのに、いまだにあの日の感覚がよみがえるだけで、自分がどこにいるのかも怪しくなるとは。

「タイトルがなかったら、作品も商品も、それを呼ぶことも、語ることもできないわね」

「いいことを言いますね。つまり、タイトルとは名前である、ということですね。これは一つ、とても重要なことです。名前であるのならば、タイトルもまた内容の一部であることを意味するからです」

「タイトルが、内容の一部ですって？」

「ええ。我々はタイトルを伏せられた内容からでは、それが何なのか、読み取ることさえできない可能性があるのです。ある絵を見せられたとしましょう。そこには何の変哲もないワインの空き甕《びん》が描かれている。もしもその絵に何のタイトルもなければ、せいぜいその画法や画力についての批評を加えることができる程度でしょう。タイトル抜きでは、そこに何らかの観念の次元なんてものは発生しようもない」

「タイトルがあれば、それが変わるということ？」

「《隣人》とでもタイトルがあったらどうですか？ 我々はワインの空き甕を隣人として考える道を模索しはじめます。少なくとも、それが現代人の鑑賞態度というものですね。我々は二十世紀以降、宗教とも国家とも切り離され、個人として作品を体験し、考える道を歩み始めた。そこにおいてタイトルは、観念における解釈の地平を切り開いているのです。タイトルは、内容という魔物に檻をつけるようなものです。その檻なしでは、現代人は安心して鑑賞することなんてできはしない」

単なる衒学《げんがく》趣味ではなく、藍歌にとっても興味を惹かれる内容だった。

「でも《無題》と書かれた作品もあるわね」

「《無題》と表示がある場合、タイトルの必要性が発生して以降の〈あえて〉というニュアンスですから、タイトルと作品のあいだに生じる観念の読解を拒絶するという明確な意思があるので、むしろ観念それ自体が作中にある〈はず〉という限定を与えます。その意味で、決して《無題》は〈無題〉ではありません」

「面白い屁理屈ね。そういえば俳句や短歌にはタイトルがないわね。詩歌にはタイトルがあるのに」

「あれは句と歌人の名前自体がタイトルのようなものです。あれ以上、簡潔な表示はないからですよ」

「ということは、タイトルには内容のボリュームも関わってくるということね？　つまり、タイトルでは収まりきらないボリュームがあるときにかぎり、タイトルは必要とされる」

「そうとは限りませんが、ただ、たとえボリュームがなくとも、タイトルをつけられることで、その分だけ奥行きが増すのは確かなことのように思いますね。このあたりについては、元歌手の方には音楽の例を挙げましょう。語り継がれる名曲の一つに、《オリビアを聴きながら》という楽曲がありますね。ご存じですか？」

　思わず、苦笑しかけた。藍歌にとっては聖書に近い一曲だ。

「おそらく発売された当時は、オリビア・ニュートン・ジョンが売れていたから、オリビアを聴きながら、と言えば、バルザックを読みながら、くらいのニュアンスで伝わった。しかし、テクストの息の長さに比べると、楽曲の名は残っても、歌手の名は忘れ去られる場合が多々ある。オリビア・ニュートン・ジョンも、後年になるほど忘れ去られていくのに、それとは無関係にあの楽曲の、少なくとも国内における名曲としての座は保たれる。その際、聞く人はオリビアとは何なのかを考えず、しかし何らかの全体を象徴するものと捉える」

「おもしろい事例ね」

「いわば、タイトルを手掛かりに、平面的体験から立体的体験へとシフトするわけです。このやり方は、かつて井上陽水や、海外ならドナルド・フェイゲンのような歌い手の自家薬籠中の技法でした」

「フェイゲンはあまりちゃんと聴かないのよ。好きなんだけど不思議ね」

「それでも《ナイトフライ》は有名だからご存じでしょう」

「あのアルバムにある曲はすべてアレンジがいいものね。でも歌詞は知らないわ」

「〈夜盗蛾《ナイトフライ》〉というラジオＤＪがリスナーの悩みにこたえる無意味で俗世的で毒のあるおしゃべりがそのまま歌詞になっている。けれど、その内容が《ラジオＤＪ》とつけられていたら、それ以上の意味は発生しない。架空のＤＪの名前、〈夜盗蛾〉が冠せられることによって、この楽曲は夜に羽ばたく夜盗蛾のイメージを同時に付与され、立体的体験を提供することになるわけです」

「井上陽水にも似た例が？」

「《なぜか上海》という曲があります。海を越えた先に上海があるというだけの詞ですが、海が未知の隠喩として使われることで、未知のその先にあるものを表示している。全体としては、わからないもののその先へさらに突き進む世界を表しているわけですが、そのタイトルは、〈なぜか〉という三文字が追加された〈上海〉です。この結果、楽曲は地理上の〈上海〉から離れた空間を手に入れるわけですね」

「ある意味でユートピア的なニュアンスでの〈上海〉ね。楽曲以外でもあるの？　そういうのって」

「ジェイムズ・ジョイスの作品なんかもそうですね。『ユリシーズ』というタイトルは、内容のある種の形態を示していますが、そこに遡及できるのは語源に詳しい人に限られる。多くの人は知らずに読むので、意味すら知らない、語感のみに訴えていると考えることもできます」

「強引なしりとりからこんな話に発展するとは思わなかったわね。面白いことを考えるのね、学者さんって」

「いや、面白いのは僕の思考ではなくて、タイトルそれ自体です」

黒猫は大まじめに言って珈琲を飲むと、渋い顔をしてつぶやいた。

「そろそろパフェが食べたくなりました」

甘党なのだろうか。それともエネルギー補給が常時必要なのか。スリムな体型から判断するに、消化が早いのかもしれない。

「ご注文なさったら？　メニューにパフェがあるのがみえたわ」

「ふむ……パフェなら何でもいいというわけではありませんが、マンデリンの味から察するに、おそらくは期待できるでしょうね」

あれこれと理屈をこねながら、黒猫はメニューを眺め始めた。

「あなたの話で、タイトルとは面白いものだってことはわかったわ。でも《ぶどうのうた》というタイトルは、面白みが薄いと思わない？　どこにでもある、平凡なタイトルよ」

少なくとも、それは藍歌が初めてタイトルを目にしたときの感想だった。

だが――黒猫はふふっと微笑んだ。

「ご冗談でしょう？　こんなゾクゾクするタイトルは滅多にありませんよ」

6

電車で移動中、あえて何も考えないようにした。母がいま家の中で呼吸も絶え絶えになっているであろうこと、もしかしたら……その先を考えまいと必死だった。

手元にある歌詞を見始めた。もうメロディはすっかり頭の中に入っている。けれど、歌詞には入り込めない。それどころではない、と心が没入にセーブをかけている。

音程を正確に、楽曲にあった雰囲気で歌うのは容易だ。けれど、情感をこめて歌える自信はじつはなかった。情感をこめるのが適切なのかどうかも。

しかし、問題が一つ――。その日の録音現場には、新曲《ぶどうのうた》の作詞を担当した戌井紅介が見学に来るというのだ。作詞家は、自分の詞がどう歌われるのかに注目するに違いない。

できれば、作詞家を圧倒したかった。けれど、そのためには歌詞の世界に心を転移させなければばならない。そのときの藍歌にはそれがひどく難しかった。

何も考えるな、と念じるのに、スタジオが近づくにつれて母のことばかりに心を囚われて心臓は高鳴り、その内なる音に己が潰されてしまいそうだった。そのうち、歌詞自体に苛立ちすら抱きだした。最初から、自分には響かない歌詞。とてもいま歌える心境じゃないのに。あれは明日に希望を抱く歌。浅くて、どこにでもある、人間賛美的な歌。

喉の奥が詰まって、今にも吐き出しそうだった。

こんな感覚は初めてだった。どうしよう。これからレコーディングだというのに。こんなボロボロの状態で、歌えるのか。

西麻布にあるスタジオに入ると、プロデューサーの金田が声をかけてくれた。

「早いね。調子はいい？」

「はい……大丈夫です」

かろうじて笑顔で答えた。その瞬間を狙いすましたように、またクラッチバッグの中で携帯電話が鳴った。

「すみません……」

一言そう断って、電話にでた。相手は、さっき話したばかりの住吉だった。

「藍歌さん……落ち着いて聞いてほしい……お母さんが……」

その声の調子ですぐに内容は理解できた。この男によって、その事実が言語化されることを避けなければ、という意識がなぜか働いた。

「わかりました。ご連絡ありがとうございます。明日帰ります」

相手の言葉をさえぎって強い口調で宣言した。

「明日？　明日って……今日は……」

藍歌は電話を切った。陸に上がりたての人魚みたいに呼吸の仕方がわからなくなった。

「大丈夫？　藍歌ちゃん、顔色わるいよ？」

金田が気を遣ってくれた。マネージャーの芽衣が近寄ってくる。

「レコーディング、日程の再調整は難しいわよ。今日は作詞家の戌井先生もいらっしゃるし……」

「わかっています。大丈夫です」

大丈夫です、と言っている自分の声がずいぶん遠くに聞こえた。そこに立っている自分が、べつの星から現れて自分の立場を乗っ取ろうとしている異星人に思えた。きっと本当の自分は、どこかでぐったりしてうずくまっているのだ。

音響の飯塚の作業が終わると、いよいよ歌録りが始まった。

レコーディングルームに入り、ヘッドセットをつける。

厚い防音ガラスの向こう側に、見知らぬ男性の姿を見つけたのはその時だった。その人物こそ、戌井紅介だった。戌井は、鋭い目つきで藍歌を見つめていた。彫刻家が、これから石に鑿《のみ》を入れていく前のような、そんな殺気だった表情だった。

やがて、ファーストテイクが始まった。

無難に一番の終わりまで来た。あとは二番――。

だが、そこでぷっつりと何かが切れてしまった。

藍歌は、ヘッドセットを外すと、言った。

「ごめんなさい……歌えません」

7

藍歌は、パフェを口に運ぶ黒いスーツの男の表情を観察する。この男の狙いはどこにあるのか。それとも、取り立てて狙いを定めているわけではないのか。

「やはり想像どおり、ここのパフェは当たりですね。葡萄とクランベリーの酸味が、甘味をうまくコーティングして飽きさせない」

しばしパフェに舌鼓を打った後で、黒猫は話を戻した。

「あなたは《ぶどうのうた》をつまらないタイトルだと言いました。本心かどうかはさておき、その見解は僕と違います」

「あなたはどのへんを面白いと感じているの？」

「それを説明するには、もう少しタイトルの話をしなければなりませんね。タイトルに対しては、昔から二つの立場があります。タイトルを作品の外部に置くか、作品の一部とみなすか。さっきも述べたとおり現代人は後者の立場が多い。でも、前者は内容にすべてがあり、タイトルで行間を読ませるのは不純と考えるでしょう。たとえば、何も描かないキャンバスを展示して《沈黙》とタイトルがあれば、そこに意味を考える、というのは、見ようによっては馬鹿げている、ともいえる」

「たしかに、それはそうだけど」

「マルセル・デュシャンの《泉》のような例を、だから彼らは認めないでしょう。彼らにとって語るべき内容とは便器それ自体であり、便器が展示されている事件性のみが重要なのだ、と。しかし、現代芸術の文脈を汲《く》むのであれば、このような見方では美は捉えられても芸術は捉えられない。芸術を捉えるには、人間の与えた概念を繙《ひもと》く必要がある」

「美学者というのは、いちいちこうも面倒くさいことを考える生き物なのね。たいへんそう」

「たしかに、たいへんです。美や芸術について考え出すと、すぐにパフェが食べたくなるところなんか、とくに」

　黒猫は、またパフェを口に運んだ。

「さて、そう考えたとき、二十年前というじゅうぶん〈現代〉の領域にある《ぶどうのうた》のタイトルもまた、作品の一部とみることができます。しかし、タイトルの在り方は千差万別です。内容をただ表示したものもあれば、まさに歌の心臓を摑みだしたもの、一見まったく無関係にあるもの――つまりタイトルと作品内容との隔たりが、鑑賞の奥行きを決める。《ぶどうのうた》が、もしも内容がそのままであったなら、〈ただ表示したもの〉ということになり、ありきたりなタイトルということにもなります」

「そうじゃないと仰るの？」

黒猫はまっすぐに藍歌を見つめ返してくる。

「ええ。内容をただ表示したものではありません。それはあなたもご存じなはず。ここにある奥行きは生半可なものではない。というか、無限ループを成している」

「無限ループ……？　何の話をしているの？　《ぶどうのうた》よ？　まさに読んだままのタイトルじゃない？」

藍歌は自分が何のためにこうも必死なのかを考える。死者のためか、自分のためか。ちがう、それはまさに《ぶどうのうた》のためなのだ。

そして――おそらくこの男の前では、その足掻《あが》きは無駄。

藍歌はそのことを本能的に理解しはじめていた。

「ここで、ある特殊な例を挙げましょう。いわゆるドロステ効果を使ったタイトルの発明ですね」

「ドロステ効果……？」

「オランダのココアのパッケージからとられた名前です。ドロステの缶には、ドロステの缶をもった少女が描かれている。その缶にもやはり缶をもった少女が描かれている」

「マトリョーシカみたいな感じね」

「絵画の世界では、すでにマグリットの《囚われの美女》のような入れ子構造の事例がありますし、《ラス・メニーナス》にもそうした特異な構造を見出すことができます」

「面白い話だけれど、それは《ぶどうのうた》が同じ入れ子構造だと言いたいの？」

黒猫は確実に陣地を囲いつつあった。藍歌はそれを認めつつ、しかしまだ不敵な笑みだけで決定打を打たない黒猫にじれったさを感じた。なぜまっすぐ切り込んでこないのか。それがこの男の流儀ということだろうか？

黒猫は慈《いつく》しむようにクランベリーを食べると、「まあそう結論を急いでは、興が削がれます」と言った。

「一つべつの角度からのお話を。エドガー・アラン・ポオの『メッツェンガーシュタイン』という作品をご存じですか？」

8

その作品が黒猫の口から出てきたことに、藍歌は驚きを禁じ得なかった。奇遇にも藍歌は高校時代に「メッツェンガーシュタイン」を読んで知っていたからだ。

とにかく、強烈な読書体験で、一発で頭に入ってしまった。

メッツェンガーシュタイン家とベルリフィッツィング家は、隣り合っていながら百年にわたって不仲の状態が続いていた。若くして当主となったメッツェンガーシュタイン男爵のフレデリックは残虐非道な男だ。それゆえに、ベルリフィッツィング家の厩《うまや》が火事となって愛馬を助け出そうとした当主が焼死した時には、その犯人ではと噂された。

けれど、フレデリックはその頃、自室で壁掛けを眺めていた。そこには、彼の祖先の騎士が宿敵ベルリフィッツィング家の先祖を倒している戦争画が刺繍されている。そのベルリフィッツィング家の先祖が乗っている巨大な馬に、なぜかフレデリックは惹き付けられた。じっと見ているうちに、馬の顔が少しずつ動き、両目でこちらを見つめている気さえする。恐れおののいて部屋から飛び出したら、まさに中庭で従者が一頭の暴れ馬を取り押さえていた。火のような色をしたその馬を、最初はベルリフィッツィング家の厩から逃げてきたと疑うが、そのような馬は知らないと言われ、自分の屋敷に連れて帰る。

フレデリックは改めてその馬に目を奪われ、ついには魂まで奪われてゆく。何しろ、その馬は例の壁掛けの中にいる馬にそっくりだったのだから。

そして——。

一読して、絵の中にいる馬に魅せられた男爵の悲劇や、作中画が作品を動かす特異な構造に魅せられた。とくに身の毛もよだつラストへと一直線に向かうところに、十七歳の藍歌はひどく興奮したものだった。

「あの作品が、いったい何だというの？」

黒猫は優雅なしぐさでパフェの中層を掬《すく》いだす。まるで高僧の秘儀を見るように、優美で、崇高ですらあった。単に好みからパフェを食べているのではなく、それが、謎を解く手順のひとつに組み込まれているような、そんな感じすらする。

「あの作中に登場する男、フレデリックはメッツェンガーシュタイン家の末裔にすぎないですよね」

「ええ、そうね」

「そして、その家系は百年にわたって、ベルリフィッツィング家といがみ合っていた。ということは、何世代にもわたってメッツェンガーシュタインの当主は存在している」

「でしょうね。それが、何だというの？」

「もしも、この物語がフレデリックの話であるならば、タイトルは『フレデリック』、もしくは『フレデリック・メッツェンガーシュタイン』とでもするべきでしょう。ところが、タイトルは単に『メッツェンガーシュタイン』となっている」

「つまり……タイトルは家系を示している、ということ？」

ハッとした。長年まったく考えもしなかった観点だったからだ。

「少なくとも、フレデリックという個体は、題が示すメッツェンガーシュタインの家系全体ではありません」

「なるほど。そのとおりね。でもその話が、さっきのドロステ効果の話とどういうふうにつながるのかしら？」

論理展開に、藍歌は面白い論客を手に入れたと思う。でも、これがどう《ぶどうのうた》につながるのだろうか？　いまのところ、まったくつながりは見えないが……。

窓の外では、まだ雨が降っていた。

この雨が上がる頃には、どんな光が潤った世界を照らすのか。それは藍歌にはまったく想像のできないことだった。

9

藍歌の心は、またあのレコーディングの日に戻っていく。

あの日、彼女は、《ぶどうのうた》のレコーディングを拒否した。それどころか、作詞家本人のいる前で、歌詞のよさを否定すらしたのだ。

「いったい、あなたに何が起こったの？」

あの日、マネージャーの芽衣はそう尋ねた。でも、藍歌は芽衣にはどうしても事情を話す精神状態になれず、ただ泣きじゃくるばかりで、それ以上の返事ができなかった。

そのことに、芽衣は苛立っていたようだった。プロデューサーの金田は、理解は示しつつも、時間を気にしていた。歌入れ抜きでできる作業を優先させながら、時間を稼いでいた。が、本心では、作詞家先生の目の前でこの小娘は何をしでかしてくれたんだ、と思っているに決まっていた。

「藍歌、もう一度、レコーディングを再開できないかな？」

金田がなだめにきた。

だが、そこで待ったをかけたのが、戌井だった。

「彼女の話を聞くのが先だ。話が聞けない状態なら、聞ける状態にするまでだ」

戌井はそう言うと、藍歌の前にやってきた。

「君は歌手だろ？　歌うためにここに来た。なのに、歌わないという。きっと何か大きな石が喉につかえてるんだ。その石のどかし方を、一緒に考えてみないか？」

「気持ちが……入っていけないんです……歌詞がどうしても、私のいまの心境には」

言ってしまってから、周囲の空気が変わったのがわかった。とくに芽衣が青ざめていた。

「……私の歌詞の問題なんだね」

戌井は静かに、意味をかみしめるように言った。怒りも悲しみもなく戌井はただ、その事実を理解しようと努めているように見えた。だが、金田がすぐに飛んできた。

「申し訳ありません！　この子はまだ新人で、何もわからないものですから！」

「いや……わかっているはずだよ。聡明な目をしているからね。ただ、彼女はいま何か特別な問題を抱えている。それを私は知りたい。藍歌クン、少し一階のカフェでお茶をしないか。三十分ばかり、世間話に付き合ってほしい。いいね？」

戌井は強面《こわもて》の顔を精一杯和《やわ》らげた。ある意味で、彼は怯えた犬に接するように慎重なやり方で、藍歌の心を開こうとしていた。そしてたぶん、彼のやり方はそのときの藍歌にとって正解だったのだ。

こくん、とうなずくと、藍歌は戌井と一緒にスタジオを後にした。あの時、戌井の決断がなければ、どうなっていたのだろう？　まったくべつの世界が開かれていたかもしれない。

10

「ドロステ効果がこの作品に隠されているのがわかりませんか？」

黒猫はこちらを試すように尋ねる。だが、藍歌はその誘いにあえて乗るまいと目を閉じ、煙草に火をつけた。肺の深くにまで煙を送り込み、かぶりを振った。黒猫はそれを合図に言葉をつづけた。

「『メッツェンガーシュタイン』というテクストは、そのラストにおいて、読者の前に鮮烈な作中画としての新たな〈メッツェンガーシュタイン〉を提示して幕を閉じる。それは作中の壁掛けに描かれていた先祖のメッツェンガーシュタインたちではなく、新たに読者にのみ見せられた〈絵〉なのです。作中にタイトルは出てきませんが、名付けるのならどれもすべて〈メッツェンガーシュタイン〉でしょう。つまり、テクストに鏡の奥底をのぞき込むような無限ループが仕掛けられている」

「とても面白い考察だと思うわ。でも、あなたはただ回り道をしただけね。一体、いまの話が《ぶどうのうた》とどんな関係が？」

すると、黒猫は含み笑いをした。

「もうあなたは気づいているはずですけどね。まず、《ぶどうのうた》という作品が、戦後最初のヒット曲《リンゴの唄》を踏まえた可能性を検討してみましょう。比較するとよくわかりますが、両作には共通した構文があるんです。《リンゴの唄》は二番に〈リンゴの唄を歌いましょうか〉とある。つまり我々の知る《リンゴの唄》は《リンゴの唄》ではないわけですね」

「ドロステ効果……？」

「厳密にそうだと断定はできませんが。歌の中の少女が歌っている《リンゴの唄》は、ドロステ効果のように、まったく同じ《リンゴの唄》かもしれないし、我々が知っている《リンゴの唄》ではないかもしれないわけです」

思いもしなかった。あれほどよく知られた歌のなかに、誰もが見落としてしまいそうな秘密が隠されているとは……。

「同じ入れ子構造が《ぶどうのうた》にも見られます。一番のサビの部分ですね。〈ぶどうのうたを歌いましょう／あの頃と同じように〉。これは、この歌の成立よりもはるか昔の〈あの頃〉にすでに〈ぶどうのうた〉があったことを意味しています。いわゆるタイムパラドクスというものですね。歌詞の中の人物が歌いましょうと誘っている〈ぶどうのうた〉は、我々の知っている《ぶどうのうた》とは同じではないことになるんです。

ここで、藍歌さんのマスコミへの回答を思い出してみます。誰も《ぶどうのうた》を知らない、とあなたは言った。だが一方でこうも言いました。『家で一人で歌う』と」

ああ、やはり、この男は到達してしまったのだ。

藍歌はもう一度煙草を吸った。天井に上る煙が、すぐそこの火葬場の煙とどこかで一つに溶け合うことはあるのだろうか。

「つまり、こういうことです。戊井氏は歌中歌の《ぶどうのうた》を作詞していた。ただし――あなたのためだけに。違いますか」

藍歌は灰をトン、と灰皿に落としてから、マンデリンの最後の一口を飲みほし、店員に手を挙げた。

「私もパフェをいただくわ。この人と同じものを」

「かしこまりました」

店員が去ると、藍歌は言った。

「あなたは、やっぱりマスコミの人なのね？　さもなくば、戌井の弟子か……」

黒猫はかぶりを振った。

「僕はただの通りすがりの美学者にすぎませんよ。一度彼の作詞について短いエッセイを書いた縁で、編集者が葬儀の日時を教えてくれたのでここを訪れたまで。ご本人にはお会いしたこともない。ただ、僕はあなたのたった一言を聞き逃さなかっただけなんです」

藍歌は笑い出した。それは、本当にすがすがしいほどの笑いだった。

思い出すのは、あの日の戌井の朗らかな表情だった。

11

「こういうときはね、温かくて甘いものを飲むのが一番なんだよ。さあお飲み」

一階にあるカフェで、閉館になった古い映画館のロビーから引き取ったみたいな椅子に腰かけて円卓を囲むと、戌井はウェイターが持ってきたホットココアを差し出し、藍歌が口をつけるのを辛抱強く待った。

ココアは、一瞬で藍歌の体内を温め、緊張で張り詰めていた糸を緩めた。藍歌は気がつくと泣き出して、母が亡くなったことを打ち明けていた。

戌井は静かにうなずき返しながら、熱心に耳を傾けた。すべてを話し終えるのに、おそらくはラクダが散歩を終えて足を折り曲げて休むくらいの時間がかかったが、戌井はその間、一切注意を逸らすことはなかった。

「話してくれてありがとう。君が、あの歌詞に感情を乗せられない、と言った意味がよくわかったよ。ほんとうにつらいなかで、よく話してくれた」

戌井はそう言ってからしばらく黙った。蜘蛛が木の枝によじ登ってから巣を張り終えるくらいの時間が経ってから、ようやく彼は自分の言葉を得たようだった。

「私は、子どもの頃に母親を交通事故で亡くしている。修学旅行に行っているあいだの、突然の出来事で、私には何が起こっているのかわからなかった。悲しいのかどうかも。でも、時間が経っていくにつれて一人の時間が蓄積されていくと、くっきりと母の不在が身に染みてね。父とはその頃から不仲だったせいもある。だから、君も本当につらいのは、今じゃなくてこれからだと思う」

言葉を選びながらそう告げた。たぶん、戌井の言う通り、これからさきずっと母はおらず、一年、二年と時を重ねるごとに母がずっといないことによって、母の存在が立ち上がってくるのに違いなかった。

思い出すのは、幼い頃、赤い傘を差して橋の上から眺めていた濁流の光景だった。大雨洪水警報があって、町の人々が避難を始めるなかで、母は藍歌の手を握って橋の上へ向かい、長いあいだじっとしていた。それから、不意に母が藍歌を抱きしめて泣き始めた。意味がわからなかった。それから十分ほどして、二人は結局無言のまま避難所へ向かった。

あのとき、母は本当は自分と一緒に死のうとしていたのではないだろうか。けれど結局何かに後ろ髪をひかれて踏みとどまり、取りやめた。すべては憶測の域を出ない。けれど、二人の絆を集約する光景のような、そんな気もした。

やがて——戌井は紙ナプキンにボールペンで文字を走らせた。まるで何かの使命を突如受けた者のように、しばらく彼は書く以外のことには関心がないかに見えた。

ようやくボールペンを置くと、彼は満足げにその紙を見つめた。

「じつはね、君が歌う《ぶどうのうた》の前に、私はもう一つべつの歌詞を作っていた。でも、あまりにむき出しに孤独な魂を描きすぎて、歌謡曲には向かなかった。それで、その歌を聴いて、心が開かれ、絶望から希望へと羽ばたく少女を主人公にした歌に変えてみた。それが、君が今歌う《ぶどうのうた》なんだ。でも、それは本当の《ぶどうのうた》じゃない。もちろん、本当の《ぶどうのうた》は大衆に届ける意味はない。そんなことをしたって、どうせ多くの人の心には届かないからね。ほんの一握りの、孤独な人の魂を癒すだけだ。でも、君は歌い手だから。歌い手は、歌詞のメカニズムの内側まで知っていたほうがいいことだって、きっとある。とくに、いまのような心理状態では。だから、君にだけは、本当の《ぶどうのうた》を知ってもらいたい。あまりうまくないんだけど、聴いてもらえるかな？」

藍歌は驚き、戸惑いつつ、うなずいた。純粋に聴きたいと思った。本当の《ぶどうのうた》があるのならば、それはどんな歌であるのか。

やがて、戌井はその紙ナプキンに書き付けた詞を手に、歌を歌い始めた。朴訥《ぼくとつ》とした、決してうまくはないけれど、味のある声だった。そして、その歌詞は、まさにたった一人、藍歌のために書かれたような、少なくともそんなふうに脳が捉えてしまうようなものだった。

聴き終えた時、しぜんとそれまでとはちがう、静かな涙が流れていた。

「もう一度、交通事故のときの話を――。

あの日、外には雨が降っていた。現場では雨が私の家族の血を洗い流していた。跡形もなく、現場は数分できれいになった。遺体はしばらく霊安室に置かれた。霊安室には、ほかにも遺体が到着していた。まったくべつの事件で、その日その病院に担ぎ込まれた遺体だった。その遺体にも、やっぱり遺族がいた。泣いているのは伴侶と思しき女性とその娘であろう女の子だった。まだ遺体にすがっている母親を看護師がなだめていて、それから少し離れたところに女の子が腰かけていた。私はその子になんだか意地悪がしたくなった」

「意地悪……？」

「彼女は私より恵まれている、そう思ったんだ」

「……どうしてですか？」

「だって、彼女は母親がまだ生きている。不公平だと思った。おかしなことだけれど、そう思ったんだよ。そして、私は彼女に向けてこう言った。『母親がいてよかったじゃないか』ってね。彼女はぼんやりした顔をして私を見ていた。きっと呆れたんだと思う。言ってからすごく嫌な気持ちになった。誰も私の言ったことを責めるやつはいなかったけど、私だけはわかっていた。私はひどく間違ったことを言ったってね。その認識は、日が経つにつれて深く深くなっていった。ことあるごとに、私はあの日の少女に吐いた言葉を取り消したいと思った。彼女は、自分と同じだけの苦しみを背負っていたはず。いや、そもそも悲しみの総量なんてのは比べられないし、誰かが生き残っていれば救われるなんてものでもない。もしかしたら、誰一人亡くなっていないとしても、もっと悲しい目に遭っている人もいるのかもしれない。私が歌詞を書くのはね、そんな悲しみに寄り添えなかった自分自身の償いのつもりなんだ。苦しいのは自分だけじゃない。人は悲しみのどん底にいると、そのことを忘れてしまうけれどね」

苦しいのは自分だけではない。当たり前の、どこにでもあるセリフ。ときには説教臭くなったり、押しつけがましくなったりするその言葉が、なぜかそのときには優しく響いた。

「……歌ってくれないか。君の歌声で、歌詞のなかの少女に、魂を吹き込んでほしい」

「売れませんよ、私の歌なんてどうせ……」

「そうかもしれないね。でも、少なくとも、一人だけ待っている。この歌詞のなかの少女だ。この子の声を代弁できるのは——君だけなんだよ」

その一言が、藍歌を結果的に動かした。五分後、驚くことに藍歌はふたたびレコーディングルームにいた。一発録り。後にも先にも、あんなにスムーズにことが運んだのは一度きり。奇跡だと今でも思っている。そして、空前の大ヒット曲が生まれた。

あの日のことを思い出すと、戌井に対して、とある感情が押し寄せてくるのを抑えきれなくなる。

愛だとか、そんな手垢のついた何かではなくて、とても純粋な何かが。

12

「でもあなたの推理は証明できないわ」

藍歌はできるだけ勝ち誇ったように笑った。

「意外に思うかもしれませんが、僕はとくに証明に興味はないんですよ。本来の歌詞でもあれば別ですが。恐らく戌井さんと灰になったでしょう。さっきあなたが棺に入れたので」

なぜそれを、と問いかけて、黙った。

この男は、本当のところ、いつから自分を疑いの目で見ていたのか。

まさかインタビューを受ける前から？　いくら何でもそんなわけは――。

「あなたが母親を亡くされたのがレコーディングのあった日だという話は、テレビなどでもよく知られた逸話です。レコーディングしたがらなかったあなたを、作詞家の戌井さんが説得して名曲が生まれた。しかし、あなたが誰も《ぶどうのうた》を知らないと言ったことで、手垢のついたこのエピソードに、隠されたもう一つの側面があったことに気づくことができました。おそらく、あなたが戌井さんに母親のことを話した瞬間に、もう一つの《ぶどうのうた》が生まれたのでしょう。それはあなたのためにだけ書かれた詞だった」

「素敵な妄想ね。恋愛小説家にでもおなりになったら？」

「あいにく僕自身にはロマンティックに浸る気質が欠けているんですよ。すべて解体してしまわないと気が済まない性分でして」

「解体屋が、そんなロマンティックな推理を？」

「それは真相がたまたまロマンティックだったというだけですね。しかし、僕は何の根拠もなく言っているわけではありません。戌井紅介という人は歌い手の心を開かせるのが巧みな方でした。ときには大掛かりな嘘をついて歌手をだますこともあった、と自伝的エッセイでは冗談交じりに書いています。お気づきでしたか。戌井さんのお母様が、今日の会場にいらっしゃったことは」

今日の葬儀会場で一瞬目を疑った出来事だった。その事実をここで持ち出してくるあたり、この男は想像以上に緻密に推理している。

「……それが、何だというの？」

「これは僕の妄想かもしれませんが——戌井さんは、母親を失ったあなたに歌う気力をもたせるために、巧みな芝居を打ったのではないか、と。その中では、自分も親を失った経験がある、というようなことを言ったのでは、と考えたのです。感情移入というのは、芸術体験においてたいへん重要なものです。ときに、それによってしか成しえない深みに到達することもある」

「……ふふ。本当に、妄想がお好きですこと」

「趣味なのかもしれませんね」

あの日の話は嘘だった。たぶん、そのとおりだろう。

どこまでが嘘だったのか。すべてなのか。少しは真実の欠片《かけら》があったのか。

しかし、いずれにせよこの男にはわかっていないことがある。

あのレコーディングからしばらくしてからのこと、戌井と藍歌は恋愛関係に発展した。けれど、数度の逢瀬の後、紅介は半年もせずに別れようと言ってきた。戌井からすれば、藍歌が戌井と付き合うこと自体に何ら得がないと思えたのだろう。

戌井はこう言っていたことがある。

――報われない恋を生きるには、一生は長すぎる。

今になれば一人の若い人間の人生を束縛しないための選択だったと理解できる。

まったく、最後まであの人は嘘つきだった。でもそれでいいのかもしれない。三年前、藍歌にも恋人ができた。戌井と別れてからずっと、あれを凌ぐ恋などあるはずがないと思ってきた。けれど、そんなふうに一つの恋を神聖視して呪いをかけていたのは、自分だったかもしれない。新たな恋に落ちたとき、ようやくそのことを認めることができた。

そうして初めて、ああこれこそが戌井の願いだったのに違いない、とも思った。

「一つだけ」と黒猫が言った。「実際の《ぶどうのうた》を歌ってほしいとお願いしても無理でしょうね?」

「ええ。もう私は歌手ではないもの。またね、黒猫さん」

「歌いたくなったら、いつでもご連絡を」

「ふふふ、ないと思うわ。歌詞が消えてしまったのだから」

「必要ありますか? 恐らく歌詞はあなたの頭にあります」

藍歌はそれには答えず、微笑を返してから立ち上がり、レジへと向かった。

黒猫が追ってくることはなかった。そして言葉を発することも――。

通り雨のように、彼は引き時を心得ていたのだろう。

会計を済ませると、雨が上がった店の外に出た。

伸びをすると、少しだけ現役の頃より上手に歌えそうな気分になった。気のせいだろうか。それでもいい。勘違いできそうな日は、勘違いをして生きればいい。

《ぶどうのうた》を口ずさみながら、藍歌は濡れたアスファルトをスキップして進んだ。

幕間《インタールード》

「赤城藍歌さんでしょうか？」

　いまは活動していないとはいえ、かつて華々しい世界にいた人間に電話をかけていることに、少しばかり緊張が走った。

「ええ、そうよ。どなた？」

　大学名と自身の名前を告げた。

「先日、赤城さんがこちらを訪ねた記録が残っていました。じつは事情がありまして、面会の理由についてお尋ねできないかと思い、ご連絡を差し上げました」

「理由？　なぜそんなものが必要なの？」

　ここで黒猫が失踪したことを言っていいものか、わずかに迷った。もしも黒猫にそれなりのつもりがあったときは、ことを荒立てることになりはしないか。今は唐草教授に言われて、こちらは任務を実行しているにすぎない。

「それは、現段階ではお伝えいたしかねます。調査中ですので」

「それじゃあ私のほうも、何もお伝えいたしかねますね」

「……どうしても、ですか？」

「そもそも、あなたはどういう立場で電話をかけてきているの？　大学を代表してかけているということ？　それとも、個人的に連絡してきているの？」

「両方です。大学としても、いまとても困惑した状況に直面しているのは確かです。でも、それだけではなくて、私にとっても重要なことです」

「なぜ？」

なぜ――そう問われて、思わず言葉に詰まった。

「……わかりません」

すると、相手がふっと笑い出した。

「あなたって正直な人みたいね。一つだけ答えてくれる？　あなたは黒猫のことが好きなの？　恋人か何か？」

一瞬の躊躇を読まれて、踏み込まれた気がした。

「恋人ではありません」

黒猫との関係に名前を付けたことはない。今も昔も。名付けた瞬間から、その檻に囚われてしまう気がするから。

「でも好きなのね？」

不意に浮かんだのは、黒猫がかつて言った言葉だった。

――僕はね、結局人生は、行動がすべてだと思ってる。そして、誰と行動を共にするのか。恋だとか愛だとかはそうした行為の結果でしかない。誰のとなりで世界を認識していたいのか。

「あなたの求めているニュアンスかどうかはわかりませんが」

藍歌はじっと黙っていた。こちらの反応をじっくりと吟味するような沈黙だった。

「いいわ。私が会いに行った理由を教えましょう。ただしほんのちょっとだけ。私が黒猫に会いに行ったのは、渡したいものがあったから」

「渡したいもの……それは一体何でしょうか？」

「さあ？　ご本人にでも聞いてちょうだい」

「黒猫はいま……」

連絡がとれないのです、そう言おうとした。

けれど、その前に電話はすでに切れてしまっていた。

渡したいもの――それは一体何だろうか？

第二話　少年の速さ

■跳び蛙

Hop-Frog, 1849

とある国に、冗談に熱心な国王がいた。彼は趣味の一環として跳び蛙という名の道化師とトリペッタという美少女を養っていた。

ある時、その国に祝典が迫り、国王は仮装舞踏会の開催を決めたが、当日になっても国王と七人の大臣だけは衣装が決まらない。そこで跳び蛙とトリペッタを呼んで意見を求めることにした。その日、機嫌の悪かった国王は跳び蛙が下戸なのを知りながら、無理やり酒を飲ませようとする。阻止しようとしたトリペッタが、突き飛ばされて顔に酒をかけられると、跳び蛙は不敵な笑みとともに、いくらでも酒を飲みましょう、と言うのだった。そして、怒りの火を静かに燃やしつつ、自分に舞踏会の衣装を任せてほしいと申し出る。

跳び蛙の考案した衣装は、鎖につながれた八匹のオランウータンの仮装だった。冗談好きの国王は大喜びでその案に飛びつくが——。

1

十七歳で映画の主演に抜擢《ばってき》された日のことを、ぼくは今でもはっきりと記憶している。

オーディションが終わると、木野宗像《きのしゅうぞう》監督はその場で立ち上がり、もうオーディションはここまでにして後の人には帰ってもらおうと言った。そして、ぼくに向かって「君ほど美しい少年は見たことがない。君が僕のミューズだ」と言った。

「海を長いこと見てきたような目だな」

「え?」

「海の中にはさまざまな危険が潜んでる。鯨や鮫もいれば、津波も起こる。だが、海を眺め続けてきた者であれば、必要以上に身構えることはしない。それが、君の目だよ。大人が自分をどう思ってるか、おおよそわかっている、という目をしている」

なんだかよくわからないけど、うれしかった。ぼくはただママの勧めでオーディションを受けただけで、映画の世界にそれほど興味があったわけじゃない。容姿がいいのは知っていた。幼い頃からさんざん周囲の人間にかわいいとか美少女みたいだとか言われ続ければ、さすがに自覚せざるを得ない。

でも、どちらかというと、容姿がいいということには、それほどのメリットを感じたことはなかった。ぜんぜん好みではない子に告白されたり、それで拒絶すると逆恨みをされたり、そんなことの繰り返しだった。けれど、映画俳優になれば、そういう、いわば欲のしがらみから逃れられるんじゃないか、と思った。

何しろ、芸術の一部になるんだから。

映画という芸術があって、木野監督はぼくがそのなかで重要な役割を演じられると信じていた。そのオファーを受け入れれば、女の子たちの欲まみれの手から逃れられるんだ。もともと気乗りしなかったオーディションだが、そう考えると、悪くない選択に思えた。

撮影は、海に似ていた。

進んだかと思うと強い風で戻され、時には前の日のすべてが荒波に揉まれて台無しになることもあった。木野監督はそのたびに癇癪《かんしゃく》を起こし、スタッフたちを叱り飛ばした。その怒りはときに演者たちにも向けられた。

でも、なぜだろう、出演者のなかで、監督はぼくにだけは一切怒ることがなかった。ぼくは与えられたセリフを覚えて、監督の指示通りに演じきった。それ自体は難しいことじゃなかった。

何者かを演じるというのは、ぼくが生まれてすぐからやってきたことだったから。ぼくはいつだって演じてきた。うつくしい子、という役を。

撮影終盤に差し掛かった頃、木野監督が追加シーンを一つ撮りたい、と言ってきた。でもその中の一部を、ぼくは拒否した。当時少年だったぼくにはよく意味がわからないものの、あまりいい気分のしないセリフが含まれていたから。すると、監督はとたんに不機嫌になった。まずいことをしてしまったのかな、と思った。でも、それは一瞬のことだった。だからすぐに忘れてしまった。

そうして、その一週間後に無事にクランクアップした。ぼくは演者のなかでは最後まで出番があったから、最終日は主演俳優のほかには監督やスタッフしかおらず、彼らから花束を贈呈された。それまでの人生で、もっとも誇らしい瞬間だった。

2

それからはプロモーションをかねて木野監督と一緒に行動することが増えた。監督はいつもぼくの肩をしっかりと抱き、誇らしげに会場のみんなに見せて回った。

あるとき、映画の試写会が終わってスタンディングオベーションが起こると、監督はぼくを抱きしめて頰にキスをした。ぼくはにっこり笑ってそれを受け止めた。きっと撮影終盤に一瞬起きたわだかまりは、ぼくの勘違いだったんだ。そう思うと、安堵できた。

でも変だな、と思うことがあった。撮影の最中、監督は次作でもぼくを起用したいと何度も話していた。スタッフにも、そこを訪れたスポンサーやプロデューサーたちにも話していた。だからぼくは、次はまたちょっと期間を挟んでから撮影が始まるのだろう、と思っていた。今度はもっとうまく演じられる。

ところが――いつも一緒に先行上映の舞台挨拶に向かうのに、一切次作の話が出てこない。なぜ？　いつ次作の話をしてくれるの？　ぼくの心はいつも期待と不安で入り乱れていた。

しばらくして映画が全国公開になった頃から、いよいよ雲行きが怪しくなってきた。映画は大好評だった。映画雑誌はこぞって五つ星をつけたし、どの誌面でもぼくの美しさについての話題で持ちきりだった。

《木野監督はついに最高のミューズを手に入れたかもしれない。彼を見ているだけで時間を忘れ、海に飛び込んだときのように吸い込まれてしまう》

またこんなレビューもあった。

《この新しい危険な映画、危険な少年に、すべての人が虜《とりこ》となるだろう。この夏、木野映画はついに芸術を超えた》

芸術を超えるというのが誇張表現なのかどうか、よくわからない。でもその頃から、だんだん木野監督の機嫌が悪くなっていった。相変わらず映画祭に招かれたりするときは木野監督と一緒に行動していたけれど、その表情はこちらからは話しかけにくいくらい不機嫌そのものだった。

　映画は好評で、ロングランを続けた。ロングランを作り出すのも簡単ではないらしい。通常は、あまり規模の大きくない映画だと、どこの映画館でも公開から二週間で打ち切りにするかどうかが検討される。よほど客入りがよくないかぎり、それ以上の期間、映画が公開され続けることはない。

　だから、三ヵ月たってもまだ上映し続けてくれる映画館があるというのは、奇跡に近い出来事だった。大きな配給のないインディペンデント映画としては異例のことだ。

　それなのに、木野監督の機嫌はぜんぜんよくなかった。あるとき、同席したディレクターの戸波さんが、「そろそろ次作の話をしましょうか」と言った。

「ちょうど彼もいることだし、いい機会です」

　けれど、木野監督は渋い顔をした。

「また今度にしないか。次作の構想はできあがっているが、ここではやめよう」

「なぜですか？　だって、前から彼をもう一度起用して新作を、と……」

「それも、ちょっと考え中だ」

「なんですって……？　どうして？　あれほど世間が待ち望んでるんですよ？　耳に届きませんか？　世界中がこの少年に注目しているんです。次は木野監督とどんなふうにタッグを組んでくれるかってね。今度招かれているドイツの映画祭では、いよいよ主演男優賞をとる可能性があります。国内初の快挙ですよ」

「わかってるさ。たしかに半年前の、撮影時の彼はすごかった」

「……どういうことですか？」

「見ろよ。彼の顔を。思春期ゆえか、顔のバランスがいささか変わってきている。ちょっとばかり面長《おもなが》になりつつある」

「成長期の自然な変化ですよ」

「もちろん、そうだろう」

「そんなルッキズム丸出しの発言をしていてはダメですよ、木野さん」

「誰が外見のことを言ったんだ？」

「言ったでしょう、いま」

「二度と私にその腐った言葉を吐くな！　ルッキズムは大した演技もしていない彼を持ち上げる世間のほうだろう！　私はただ、美が消えたと言いたいのさ。いいか。美というのはうわべでも内面でもなくその中間的性質だ。本質直観的に、そこに宿っていると感じられる。それが美だ！　たとえ外見がまったく同じやつが二人いても、片方には美を感じて、片方はまがいものに感じる。それが美だ！　それが、美なんだ！　そういうもんさ。君は私の映画にずっと協力してきて、まだそんなこともわからないのか？」

「いや、わかりますよ。だけどね、せっかく市場が彼を……」

「市場市場ってうるさい！　いいか。もう彼からは美が去ったんだよ。外見はどれだけきれいに整っていても、私にはわかる。美は気まぐれさ。内と外の微妙な均衡が崩れるだけで、容易《たやす》く飛び去ってしまうんだ。もうここには美はない。少なくとも、私の創作意欲を刺激するものは何一つな」

いったい、何が起こったのかぼくには皆目わからなかった。まず第一に、ぼくのいる前でこんな話が堂々とされていることに大いに戸惑っていた。これまで生きてきた世界の大人は、いつだって陰口でしかものを言わないと相場が決まっていた。

ところが、木野監督ときたら、ぼくがまだここにいるというのに、目の前でぼくをこき下ろしているのだった。話は、さらにヒートアップした。

「第一、彼は演技もひどい。セリフを棒読みだからね。それも美が備わっていればこそ、許容されていた。だが、もう美は彼の中から飛び去った。だからね、もう誰も彼の演技になんか興味をもたない。場違いな映画賞ももらうことはないだろうね。奴らは美に酔わされただけだ。映画の良さなんて真剣には理解していないのさ。そのすみずみまで注意深く見ている映画評論家なんてほんのわずかだ。みんな狭い視野で、がんばって目につきやすい要素で判断しているだけでね」

「今日はずいぶんと毒を吐くじゃないですか。飲んでるんですか？」

「素面《しらふ》だよ。とにかく、新作の話がしたけりゃ、また今度に」

「わかりましたよ……」

それから、戸波さんはぼくの肩を叩いて出て行った。ドンマイ、という意味なのか、さよなら、という意味なのか。でもぼくにはそれが「べつの世界でも元気でな」という意味にとれた。それくらい、今の会話は決定的なものだったのだ。

「木野監督……いまの話は……」

ぼくはかすれる声で訊いた。

「ああ本当だとも」

「だ、だってあなたは……」

「『あなた』なんて君に気やすく呼んでもらいたくはないね。もう私のミューズでもなんでもない。この映画の舞台挨拶が一通り済んだら、もう君を呼ぶことはあるまい。これが何を意味するかは、わかるね？」

「ひどい……あんまりです……」

「ママに泣きつくか？　まあ好きにしなさい。あの女にはたんまり金は渡してある。それ以上の文句は言わせないよ」

ママに言うなんて冗談じゃない。ぼくはママが好きじゃないのに。最初にぼくの美を支配しようとしたのは、ママだった。そこからすべてが始まったと言ったっていいんだから。

「映画の世界にぼくを引き入れたのは監督じゃないですか……ぼくはあんなオーディションは受

けたくなかったのに……」

「オーディションが本心じゃなかったからって私は君の一生の面倒を見なきゃならんのか？　一度見出してやったら、一生お情けで使わなきゃならんのかね？　もはや美の去った少年をか？　何のために？　エキストラでいいなら使ってやろう。ママにそう話すんだな」

「……あなたを信じてたのに……」

「私もだよ。君の永遠の美を信じていた。だが、裏切られた。そういうことさ」

ぼくはその場から走り去った。

頭のなかは真っ白だった。こんな屈辱的なことが世界のどこかでぼくを待っていたなんて信じられなかった。

その夜はとにかく眠った。何も考えず、できるだけ遠い世界に飛んでいきたいと祈りながら。でも見た夢は最悪だった。それは、ぼくの体に次々と穴が開いて、そこから無数のエメラルド色の石が飛び出して空に飛んで消えていく夢だった。人々はみんなその光を追いかけて、穴が開いて苦しむぼくなんか見向きもしていないのだった。

3

あれから何日が経ったのだろうか。寝ても覚めても、頭の中にあるのは復讐の二文字だった。金を稼がせることしか頭になかった両親とは縁を切った。代わりにぼくの庇護者になってくれたのは、ぼくの出ている映画に惜しみない賛辞を送ってくれたエージェントの美知絵《みちえ》だった。

彼女とは、じつの親子ほど年が離れている。そのせいもあってか、彼女はぼくを異性としては意識しておらず、その点はとてもありがたかった。

ぼくは美知絵の家に移り住み、美知絵に守られながら暮らした。彼女はぼくの外見上の美には興味がないようで、ただぼくの出演作の演技に惹かれたのだという。

「とてもいい演技をしていたわ。一見すると棒読みにも見えるけれど、自分の身体性から解き放たれて、その場の空気を落とし込んだ絶妙な間《ま》が作られている。メソッドでは到達し得ない天性の演技力があなたには備わっている。あんなふうに演技をする人を、わたしはこれまでの人生で見たことがない」

美知絵の言葉はうれしかった。だから、彼女の頼みでぼくは俳優業にカムバックした。多くはインディペンデント映画の端役だったけれど、一つ一つの仕事を丁寧にこなすうちに、「シーンを食う怪優」と一部では再評価もされた。もっとも、それは小さな業界内での評判にすぎない。それで何かの賞の候補になるかと言えば、全然そんなことはなかった。

世間の移ろいは早かった。実際のビジネスはどうあれ、世の中の多くの人にとっては、ぼくはもうすでに「あの名作で輝いていた消えた俳優」でしかなかった。もはや誰もぼくになんか興味はないように見えた。けれど、それがかえって心地よかった。

こんなにも世間は、外見の変化だけで簡単にその人に興味を失ってしまうのだ。そんなものを相手にしなくて本当によかったと思ったし、しょせんは木野監督もそんな世間と同じだったのだという気がした。

「あなたは今も美しい。それはわたしが保証するわ」

美知絵はことあるごとにそう繰り返した。彼女の言葉が、そのたびにぼくを強くしてくれた。ようやく一人前の役者として生きていける自信が、最近になって少しずつだけど、ついてきた気がする。

来月、七月はぼくの誕生日だ。でも、これまでの誕生日とは大きく意味合いが違ってきそうだった。それは、これ以上ないほど重要な意味をもつ誕生日になるのかもしれなかった。

「何か特別なことをしましょう」

そう言った美知絵にぼくは頷き返した。

「せっかくだから、あなたが望んでいることを一緒にしたいわ」

「ぼくが望んでいることを君が一緒に？　本当に？」

「ええ、本当よ」

ぼくは考えた。彼女が嘘を言っているとは思えない。ならば、今こそぼくは長年の考えを口にする時なのかもしれない。

「それじゃあ、頼みがあるんだ。上映会を、企画してくれないかな?」

「上映会を?」

「そこに、ある人を呼びたい」

彼女は考え込むような顔つきになった。何かを察したのかもしれない。

「そうすることが、本当に大事なのね?」

「うん。ぼくにとって、とても重要で、かつそうすることがぼくを幸せにするんだ」

「わかったわ。上映会を企画するのは得意なの。任せておいて」

彼女はぼくのマネジメント業全般を請け負ってくれている。だから、上映会だって過去に何度か企画が出たことはあった。ただ、そのたびにぼくが首を縦に振らなかっただけだ。

でも、時は満ちた。今こそ、復讐を実行するときだ。

美知絵はぼくを安心させるように手をそっと握った。

これで舞台は整った。

ぼくは、その日から、準備を始めた。長年イメージしてきた緻密な計画を、いよいよ現実のものとするときがきたのだ。

4

品川駅から徒歩圏内にある高級ホテル〈品川グエパルド〉の最上階にある小さな映画館を貸し切っての上映会と聞いていたから、一部の映画マニアと研究界隈《かいわい》の人間だけが集まるような地味なものだと思っていた。だから黒猫と会場の扉を押し開けた時は、その絢爛《けんらん》たる雰囲気に呑まれてしまった。席はほぼ満席で、いささか時代がかって見えるほど華やかな衣装を纏《まと》った紳士淑女が、そこらじゅうで扇などを煽《あお》ぎながら寛《くつろ》いでいる。

対するこちらは地味なベージュの上下そろいのスーツ。黒猫はいつも通りの黒スーツに白シャツといういで立ちだった。場違いなのは、明らかに我々のほうだった。

「すごい、まるで社交界ね……」

圧倒されながら前から四列目の中央にある指定席に腰を下ろした。右側に自分、左側に黒猫。ほどなく、右隣の席からふわりとサムライの香水が漂ってくる。それとなく横目でみると、髪を金色に染めてサングラスをかけた少年が足を組んでじっとパンフレットに目を通していた。目深に帽子をかぶった様子から察するに、どこかの芸能事務所に籍を置く子が人目を忍んで来ているのだろうか。いまどきサムライをつけた少年というのもなかなか貴重かもしれない。客層もさまざまなようだ。

「木野監督の作品は日本離れした貴族趣味のある優雅な世界観が売りだから、存外いまの若い子たちの間でも再注目されているところはあるようだね」

「そうなのね……じつは昔から木野監督の作品は観たいと思ってきたはずなんだけど、なぜか実際に観るのは今回が初めてなんだよね。まあ、前の晩に軽く予習はしたけど」

来月、我が美学研究科の機関誌『グラン・ムトン』の巻頭で木野宗像映画を特集することが決まった。その執筆陣に指名された折も折、この上映会の存在を黒猫から教わり、こうして二人で足を運ぶことになったが、まだ不勉強の感は否めない。

「僕も今回が初めてだよ」

「え、嘘、黒猫はいっぱい知ってるでしょ？　木野監督の作品のこと、こないだも話してたの聞いたよ？」

「こういった大きなスクリーンで観るのは、初めてなんだ」

「ああ、そういう意味」

こちらの〈初めて〉とは、だいぶニュアンスが違ったようだ。

「重要なことだよ。たとえば、『ベン・ハー』という一大スペクタクルがある。でも、あの映画をもしも自宅の小さなテレビで観ていたら、人によっては〈観た〉とは認めないかもしれない。そういうことさ」

「なるほど。でもそれは、年代が経つほどしょうがないところもあるよね。たとえば、『ローマの休日』を大スクリーンで観た人は、いまの時代限られているでしょ。ではみんな『ローマの休日』を観ていないのかといえば、そんなことはないんじゃないかって思うけど」

「映画鑑賞とは何か、ということだね。映画館という場所に限定されないのであれば、たしかにそれは誰でも体験可能になる。とくに近年は配信という視聴方法が生まれ、配信サービス会社主導で、映画館を通さずに全世界同時配信する革命も起こっている。つまり、〈映画鑑賞〉の定義自体が変わりつつある。それでも映画館での体験に限定する者はいまだに後を絶たない。ここは意見の分かれるところだろう」

「さっき映画自体は観ているのに〈初めて〉と言ったってことは、黒猫自身は、映画館に限定された体験を映画鑑賞と捉えているの？」

「僕は二重の立場をとっているよ。巨大スクリーンによってこそ得られる体験はたしかにある。それを抜きに『こけおどしの映画だ』と切るのは愚の骨頂だ。つまり、批評という創造に関わる契機において、映画鑑賞は映画館の体験を前提とする。配信が優先されないかぎりはね。だが、批評という契機と無縁であれば、広く〈映画鑑賞〉と定義してもいい。僕の場合は職業柄、プライベートでスマホで観たからといって鑑賞したと表現できないんだよ」

「……それを言われると、私だってそうよね」

こちらも研究者の端くれである。もう何年端くれをやっているんだという気もするが、端くれにいる自信だけはついてきた。

「それは君の好きにしたらいい」

黒猫は突き放した言い方をする。

「何をどう定義するかは、研究者一人ひとりが判断すればいいことだ。〈研究者たるもの〉なんてことを言うのはどこかの辛気《しんき》臭《くさ》い教授にでも任せておけばいいさ」

「またそういうこと言ってると、嫌われるよ？」

「もう嫌われてるよ」

事実だけに笑うしかなかった。黒猫は若くして突出しすぎたところがある。向かうところ敵ばかりの時期はとうに過ぎて、最近では露骨に無視されることもある。唐草教授の庇護下にあるから表立った非難こそないが、黒猫の存在がメディアでも注目され、半年前からは教育番組の解説役というポジションも引き受けて以降、それを冷ややかな目で見る向きが増えたのは確かだった。人気があるだけなら「客寄せパンダ」とでも揶揄《やゆ》できるところだが、論文の国際的な評価もうなぎ上りとあっては黙るしかない。

風向きは変わった。黒猫は、今や上り詰めるところまで上り詰めたのだ。

「ところで、今日上映される『西にて死なむ』は映画賞を総なめにした作品で、木野監督の代表作といえる」

「そうね。たしか、主演俳優の平埜玲にとっても出世作となったはず」

「その美貌が注目を集めたのは確かだね。演技については判断の分かれるところだろうが、あの役にかぎって言えば、彼にしか成しえない表情が何度か垣間見えた。それが、木野映画のもつ詩学と相性がよかったのは、あの作品の成功が証明してくれている。さて、昨日慌てて予習した君に聞こう。木野映画を一言でいうと？」

　ぎくりとする。昨夜、大慌てで三本まとめて映画を観て、それから批評などをいくつか掻《か》い摘《つま》んで読んだ程度だ。果たしてどこまで的確なことが言えるのか。

「ええとね、絢爛な画面構成と、あえてト書きをそのまま読んでいるような演技を強いることで、かえって脚本の中にある深みを演出するような試み……それらが突如動的な役割を担うことで詩情が生まれる。小津安二郎やルキノ・ヴィスコンティの系譜に連なる芸術映画の遅れてきた正統派異端児」

「と、まあよく言われる。しかし、そのもっともかなめとも言うべき特質は――時間の静止にある」

「時間の……静止……でも、映画は前に進む」

「そう。映画は活動写真であり、時間を前に進める。それが映画と絵画のちがい。けれど木野映画は、時間が前に進もうとすることに徹底的に抗《あらが》うことで成立している」

　どういうことなのだろう？　映画が時間に抗うという不可能性に興味を惹かれるとともに、自分の不勉強を恥じた。どうしても講義の準備や学会の発表が最優先になると、研究対象以外の芸術鑑賞は娯楽に分類されてしまう。だが、あらゆる体験に真摯な態度で臨む筋力が、つねに必要なのか。自分の成長を日々実感していても、こうして黒猫と並んでいると、足りないところばかりが見えてくる。

「と……話を続けたいところだが、どうやら上映前のトークイベントが始まるようだ」

現れたのは、木野宗像監督だった。

彼は豊かに蓄えた白髪を狐の尻尾のように揺らしながら杖の支えを借りて登壇し、黙礼した。儀礼的に笑顔を保つ必要を感じないのか、こういった場面でお決まりの笑顔はそこになかった。

彼は自宅でくつろいでいるところを突然担いで連れてこられでもしたかのように、居心地悪そうな様子で周囲を見回し、それからステージ上の椅子に腰を下ろした。巨匠という言葉がよくなじむ姿だった。

5

司会者の女性は、三枝《さえぐさ》美知絵と名乗った。一分一秒無駄なくスケジュールを組みそうな雰囲気の、三十代後半ほどに見えるその女性は、事前に用意してきたであろう質問を木野監督に投げかけた。

「本日は、監督にとっての代表作といえる『西にて死なむ』の再上映ですが、率直なご感想をお聞かせください」

木野監督はとりたてて面白くもなさそうな様子で笑い、首を傾げた。

「代表作かどうかは私が決めることだが——まあ皆さんが楽しんでくれればいいでしょう」

「ありがとうございます。撮影中の秘話などありましたら、ぜひ教えていただければと」

「そうだな。海で撮影したから日焼けが大変だった。実際、撮影も二十日を過ぎると、スタッフもキャストも全員が真っ黒になってしまってね。国中の日焼け止めクリームがうちの撮影所に集まったんじゃないかと思うよ」

会場にわずかな笑いが起こる。木野監督の表情も、いくらか和《やわ》らいだように見えた。

ところが、それもつかの間だった。

「主演の平埜玲さんを抜擢した理由をお聞かせください」

こう質問されたとたんに、また笑みが消えて無表情に戻ってしまった。憮然としていることを悟られまいとして、せめて顔を一ミリも動かさないことにした感じだった。

「それは、ここにいる皆さんが上映の終わったころに、気づくことでしょう。もしそうでなければ、それはよほど鈍感というものです」

「オープニングからたいへん惹きつけられます」

「そうかね。あの場面は、撮影のかなり後半になってから付け加えたシーンなんだ。本来はすでに少年が船の上に助けられたところから始まる予定だったが、助けるシーンを追加することにした。じつを言うと、そのときに平埜クンがある短いセリフを放つ強烈なシーンを入れようとしたが、本人が嫌がってね。仕方ないから耳元で囁いてるふうにして、何を言っているのかはわからないようにした。本当は平埜クンと、老画家役の高橋さんの表情を交互に映してロングショットにしようかと思ったが、そういう事情で結局三分に収まったんだよ」

「平埜さんが拒否されたというのは、いったいどんなセリフだったんですか？」

「はっはっは、ちょっと危険な言葉を言わせようとしたんだが、失敗した。あれを言わせていれば、もっと傑作になったかもしれないけどね」

司会の三枝はいったん口をつぐみ、会場を見渡した。

それから、ふたたび質問を繰り出した。

「平埜さんとは今後再タッグはないのでしょうか？」

「愚問だよ。俳優の、とりわけ若い俳優の良い時期というのは一瞬で過ぎ去っていくものだ。彼にとっても私にとっても、この映画は一期《いちご》一会《いちえ》さ。いい映画になった。それがすべて。もういいんじゃないのか？　そろそろ始めてくれ。私も大スクリーンで自分の作品を観たい」

「……わかりました。貴重なお話をたくさんありがとうございました。本日上映の映画『西にて死なむ』の木野宗像監督でした。皆様どうぞもう一度盛大な拍手をお願いいたします」

促されて、木野監督は立ち上がり、頭を軽く下げてから降壇すると、最前列の席に腰を下ろした。斜め後ろにあたる我々の位置からは、その姿がよく見えた。

そのとき、黒猫が耳元でこう囁いた。

「近年、映画界では撮影の方法における非人道的な側面があれこれと取り上げられている。木野監督は古いタイプで、俳優を自分の作品の駒みたいに扱っている。昔は珍しくもなかった。映画とはそういうもんだという認識が全般にあったから。でも今後はああいう監督の存在自体、珍獣を見るような感じにはなってくるだろう」

「そうね。黒猫はそのへんの問題はどう考えるの？　最近の社会はいささか潔癖すぎる気がしなくもないけど、言われていることはいちいちもっともってことが多くて、私も何が正解なのかよくわからないことが多いんだよね」

「言われていることはそのとおりだと思うよ。映画界は変わらなければならない。ただ、〈芸術とは〉と主語を大きくして語られると眉をしかめてしまうね。業界の健全化と芸術としてどうかというのは、次元のちがう話だ。雇用の健全と芸術の話を混同する輩《やから》が多くて辟易《へきえき》するね。今までのゆがみを修正しようとするあまり、主語を大きくして妙な暴走が起こる。芸術でも政治でも科学でも、同じことが起こっているよ。そして、大衆の大半は主語を大きくされてもなるほどなぁって顔で頷いている。いつの世もそれは変わらない」

　黒猫らしい冷ややかな考察だった。けれど、必ずしもそこに同調できない自分がいるのも確かだった。インモラルな方法で作られた芸術は、芸術の範疇《はんちゅう》に入れていいのかどうか。この点になると、途端に自分の足元が不確かになる。容易には答えを出せない問題なのに、いまは誰も彼もがこの問題に答えたがるため、〈模範解答〉が溢れているせいもあるのだろう。

「んん、黒猫の言うことはわかるよ。だけど、会場のざわつき方を見ていると、木野監督の発言が近いうち炎上しそうな気もするなぁ。ほら、さっきの、オープニングの追撮の話」

　仮に炎上したとしても、それは仕方のないことだろう。いまはとりわけハラスメントの問題には敏感な世の中だから。俳優が言いたくないセリフを言わせようとした。たとえばそれが性的なものであれば、よけいに問題視される。

「そうだね。ただ、芸術はモラルで作られていない。ときには誤った判断でも、人の心にある種の衝撃がもたらされたら、それは芸術だろう。モラルに関してはモラルを審判する場で裁かれればいいが、それで作品のよしあしが変わるかというと難しいね」

　そういうものか、と納得する自分と、そういうものだろうか、と訝《いぶか》る自分。つねに二重の自分がいる。そのことに、近年はとくに敏感になってもいる。黒猫と寄り添う思考と、距離を置く思考。現実の境界線が曖昧になっても、となりにいる黒猫によって〈私〉の輪郭が証明される。けれど、同時にそこから食《は》み出す〈わたし〉もいるのだ。

「それにしても、木野監督はずいぶん歳をとった。杖もついているし、近年は病気もだいぶ進行していたようだが、主催者はなぜわざわざ木野監督をゲストに呼んだんだろうね」

「どういうこと?」

「だって、この映画にはいくらでも今も活躍する俳優が出てる。スタッフにも、最近になって有名になった監督が助監督で名を連ねていたりするのに」

「ふむ。でも監督から話が聞きたいっていうのも普通の心理じゃない?」

「そうかもしれないね」

そうは返してきたものの、黒猫の表情はなぜか晴れてはいなかった。

黒猫の左隣の席にいる白髪の初老の男性が、もの言いたげに咳払いをした。気がつけば照明が落ちて上映開始の準備が整っている。もうしゃべり声はやめてくれ、ということだろう。小さく頭を下げて、その目をスクリーンに移した。

映画はじつに静かに幕を開けた。

海の中を泳ぐひとりの若者。彼がどこの何者なのかは何も語られない。ただ一人、ずっと泳ぎ続けている。

やがて——船に乗っている老人の姿が映る。

老人は、デッキに立ち、大きなカンバスに海を描いているのだが、その最中に少年の姿を見つける。少年は泳いでいるうちに足がつる。老人はそれに気づくが、死の気配に青ざめる少年の表情を、じっと観察し続ける。

老人はそれまで描いていた海の上に、溺れている少年を描き出す。まるで、そこに絵の魂を見つけ出したとでもいうように目の色を変えて。

少年の体が海に沈む。

そこでようやく老人は慌ててロープを投げた。

危機一髪、少年はどうにかそれにつかまり、九死に一生を得る。

デッキに引き揚げられた際、少年は老画家に顔を寄せ、何か囁いた。それに対し、老画家はややぎょっとした表情になったが、すぐに少年を押しのけた。

船に乗った少年は、老人の身の回りの世話をして過ごす。ときには、体を海水で絞ったタオルで拭いたり。その何気ない一コマが、どことなく淫靡《いんび》に映る。少年が美しすぎるからなのか、相手が老人だからなのか、その両方か。美と老いの対比が、絵画的に映し出されることで、二人のあいだに起こっているのが深刻な問題のように感じられる。

そこへ、海鳥の群れがやってくる。老人の釣った魚を狙っているのだ。

少年は老人の魚を守ろうとするあまり、鳥につつかれて体から血を流す。その血をみて、老人は興奮を示して思わずといった感じで吸いつく。表向きは、鳥の嘴《くちばし》から入る雑菌を除去するため。けれど、少年は恐れおののく。老人が迫ると、少年は逃げようとして海に落ちる。

少年を飲み込んで、何事もなかったかのように穏やかな表情に戻る海。

老人はこの出来事にしばらく茫然自失の状態に陥り、ただ船上をあてどなく歩いて回る。が、やがてふたたびカンバスの前に立つと、黙々と絵筆を進め始める。

どうにか少年の絵を完成させた老人が、陸に戻ると、刑事から、海の上で少年を見なかったか、と問われる。老人はそんな少年は見なかった、と主張するが、同時にあの完成させた絵を世に出したい誘惑には打ち勝てない。

数カ月後、絵を一人の親しい画商に見せることにする。画商は気に入り、ほどなくその絵を世に問う機会に恵まれる。そこには、死に抗う少年の姿が描かれている。すぐに絵は話題となるも、くだんの少年との類似が問題となる。だが、老人は絵が誰かに似ているのはよくあることで、何の物証もない、としらを切る。

ところが、少年の失踪当日に老人が海の上にいたこととその絵を根拠に、警察は強引に逮捕に踏み切る。必死に無罪を訴える老人。しかし、疑いは晴れることなく、ついに裁判が開かれることになる。

そして裁判当日、重要参考人として一人の少年が入ってくる。絵のなかの少年だ。

彼は老人を示して言うのだ。

「その人は嘘をついています！　ぼくはあの海で、その人に殺されそうになった。その人はぼくの血を吸った変態なのです！」

一夜にしてすべてを失った老人は、有罪判決を受けて警官に連行されると、「何か親族に伝言は？」と問われる。老人は「何も。何であれ、私は時間に打ち勝ったんだ。満足さ」と笑う。

その数日後、画廊の隅にある老画家の絵を画商が取り外そうとして驚く。そこには、はじめからそうだったかのように真っ青な海だけが広がっていた。溺れる少年の姿はどこにもなかったのだ。

画面は終始おだやかでゆったりと進むが、筋書き自体はサスペンス性もあるのに、結末は幻想的。そこの塩梅《あんばい》がちょうどいい映画でもあった。

しかし、じつのところ、映画にはそれほど集中できなかった。理由は一つ。本篇で老画家が少年に耳元で囁かれ、動揺したタイミングで、とある異変が起こったのだ。

木野監督が、席から立ち上がり、悪魔にでも出会ったかのような顔で客席を振り返って一点に目を留め、青ざめたかと思うと、突如卒倒した。

客席はすぐさま騒然となった。それでも上映が中止されなかったのは、主催者の意向だろうか。木野監督はすぐに会場の外へ運びだされた。映画終了後、木野監督は救急車で運ばれ、無事であることが告げられた。

それにしても映画上映開始二分で、一体、木野監督に何が起こったのか？

あのときの顔つきは、映画に何らかの強い感情を抱いたようにみえた。まるで自分の心臓が誰かのアクセサリーにされているのを目撃したかのような――。

6

エンドロールが終わり、司会の三枝から木野監督の状態についての告知と来場御礼の挨拶があった後、この映画館での近日上映予定作の紹介映像が流れ出した。そのタイミングで、多くの客は席を立っていたが、まだ残っている客もわずかにはいた。

「騒々しい上映会だったね」

黒猫がそう囁くように言った。

「仕方ないよ。あんなことが起こったんだもの。でも、木野監督は、あのときなぜ急に立ち上がったりしたのかなぁ？　心臓の具合が悪くなって助けを求めた、とか？」

「そんな感じではなかったね。あれは、スクリーンの何かに衝撃を受けた顔だった。驚きなのか恐怖なのか、怒りなのか——絶望なのか。あるいはそのすべてか。ただ、内容的にはいつもどおりの『西にて死なむ』だったはずなんだが——何か問題を感じた。それが何なのか、さっきから考えているんだが……」

「つまり、黒猫自身も違和感を覚えたということ？」

「まあ、そういうことになるね」

まだ残っていた人たちが一人また一人と立ち上がる。最後の映画の宣伝が終わると、黒猫の隣の席にいた初老の男性も立ち上がった。気がつけば、自分の隣にいたサムライの香りの少年はすでにいなくなっていた。

スクリーンが真っ暗になったが、まだ場内のライトは灯らない。黒猫は立ち上がった。

「出口に向かいながら、話すとしようか」

つかの間、影絵のようになりながら二人で移動し、通路に出ると、長い非日常から抜け出したような安堵感と倦怠《けんたい》感が同時に押し寄せてきた。

歩き出してすぐに、黒猫はこう切り出した。

「今日の上映会を見ているうちに、ある小説が僕の脳裏に浮かんだ。さて、それは何だと思う？」

「え……っと」

黒猫がこちらを試しているのはわかっている。下手なことを言って幻滅させたくもない。

「エドガー・アラン・ポオの『跳び蛙』？」

「ご名答」

「わかって当然って顔に書いてある」

「卑屈な分析だね。僕の顔は落書き禁止を命じてあるから何も書いていないはずだが」

「いいえ、しっかり書いてありましたよ」

「そうか。ではそうかもね。実際、わかって当然だった。しかし、重要なのは、なぜ『跳び蛙』だと思ったか、ということだが、説明してくれるかい？」

ほらきた。

「ええとね、お任せください。というか、まずは、『跳び蛙』のあらすじを。おほん……では」

ポオの短篇はこの五、六年だけでも通算二十回は読み返している。描写の細部に至るまで事細かにその場で説明できるくらいに。

「ある国にいい評判もあるけれど、自分本位な面が多々ある王がいる。彼は非常に冗談が大好きで、その一環として〈跳び蛙〉という名の小さな道化師と〈トリペッタ〉というやはり小さな美少女の踊り子を庇護していた。〈跳び蛙〉と〈トリペッタ〉は未開の奥地の出身だからというのもあって、仲がいい。〈トリペッタ〉は容姿のおかげもあってみんなにかわいがられていたから、ことあるごとにその影響力を、道化役の〈跳び蛙〉を庇うことに使っていた。

ある時、祝典で仮装舞踏会を開くことに決めたんだけど、当日になっても国王と七人の大臣だけ衣装が決まらないの。王は大臣らを集めて、仮装舞踏会の衣装について意見を求めることにした。けれど、いい案はなかなか出ない。そこで、ほんの余興のつもりで〈跳び蛙〉を呼んで意見を求めることに。あくまで冗談好きの酔狂な気まぐれね。でも、ここで王の性格の悪さが出る。アイデアが出ずに困惑する〈跳び蛙〉が、下戸《げこ》なのを知っていながら、王は無理やり酒を飲ませようとする」

「現代なら社会問題になりそうな要素がこれでもかというほど詰まっているね」

「そうね。それで、〈跳び蛙〉と親しい〈トリペッタ〉はそれを止めようとするんだけど、王は彼女を突き飛ばして酒を浴びせる。王はここで越えてはいけない一線を越えてしまったのね。それを見ていた〈跳び蛙〉は、怒りの火を静かに燃やしつつ、自分に舞踏会の衣装を任せてほしいと申し出る」

「さっきまでは思いつかなかったのに、〈トリペッタ〉への仕打ちを見て一変したわけだ」

「ここが面白いところよ、〈跳び蛙〉が考案したのはオランウータンの仮装。ふつうに考えたら王を怒らせてしまうかもしれないアイデアでしょ？　だけど、〈跳び蛙〉は冷静に王が冗談好きだという特性を見抜いているのね。思ったとおり、王はこの案を気に入って採用することにする。そうして舞踏会当日、祝祭も大詰めに迫った折も折、会場に現れたのは八匹のオランウータン」

「その正体は、王と七人の大臣」

「そう。一応、本物らしく見せるために鎖でそれぞれがつながれているんだけど、会場はそんなことは知らないから当然恐怖に駆られて大騒動になる。ところがここで異変が起こる。天井からシャンデリアをつるすための鎖が下りてきて――」

「そこから、〈跳び蛙〉の恐ろしい復讐劇が始まるわけだね」

エドガー・アラン・ポオを研究し続けること、これでもう八年になる。もはやけっこうな時間をポオとともに過ごしている。高校時代、図書館で見つけたポオとの付き合いが、まさかこんなにも長くなるなんて、自分でも驚きだ。気がつけば、後戻りのできないところまで来てしまっている。好きを仕事に、とはよく言うけれど、時折もうそれ以外の道が閉ざされていることに愕然とすることもある。急に怖くなることも。

そのたびに、ではポオはどうだったのだろう、とも考える。創作と編集に身を捧げる以外の生き方を知らないポオは――と。

「このテクストは」と黒猫は切り出した。「何について語っているのだろう？」

自分で答えを言いかけて、相手に委ねたような気がした。

「〈時間の経過〉でしょ？」

「より厳密に」

「美醜への固執と、時間の経過。王は〈跳び蛙〉の醜さを冗談の対象にしている。でもそれは、決して自分がそちら側に行くことはない、というある種の永遠性への過信があってこそ」

「さらに掘り下げて」

「無邪気に仮装によってオランウータンになることを厭《いと》わないのも、それが仮の姿で、自らの真の姿となることはないと信じ切っているから。そこに時間の経過に対する王の過信がある」

「何か、主題が〈時間の経過〉にあることを示す証拠のようなものはあるだろうか？」

「〈跳び蛙〉の低く、荒々しく、軋るような歯ぎしりの音ね。これは死神の斧。また、終盤で登場するシャンデリアを吊るす鎖は、振り子を象徴している。つまり、時間の音が王に現前しているけれど、王はそれにすら気づかない、という状態ね」

「申し分ない解釈だ。付け加えるとすれば、美醜の対比でもあり、同時に〈知〉と〈蛮〉の対比のテクストでもあるということだろうか。この点は、あるモチーフに関しての『モルグ街の殺人』での用いられ方を思い返せば君も納得してくれるだろう」

「あっ……そうか……そこにつながるのか……」

あまりによく見えるところに出てきている共通のモチーフを見逃していた自分にうんざりして

しまう。

「〈時間の経過〉という観点から、この作品に相通じるところがあるのが、ルキノ・ヴィスコンティの映画におけるカメラワークの特徴の一つ、ズームインの多用だね。まず全体を見せ、そこから対象へと迫っていく。ここで表現されているのは空間だと思われがちだが、実際に重要なのは時間のダイナミズムが捉えられている点にある。執拗に繰り返されるズームによって、時間の中にある静と動の両面が、なかば自動的に炙り出される仕組みを彼は作り出していた。

たとえば、最初にルーズで全体を映すときは、美術係出身のヴィスコンティらしい衣装や小道具へのこだわりが絵画的な〈静〉の美を創出するが、アップになるにつれ、人物の所作がその絵画における〈動〉の役割として時間を動かすことになる」

「それはたしかに。ヴィスコンティについては、私もそうかもって思う。『山猫』の長尺な舞踏会のシーンもその文脈で語ることができそうね」

「まさに。舞踏会のシーンは映画全体でも一時間近くを占めている。あの極限まで引き伸ばされた〈感覚的時間〉とでもいうべきものの中で、会場の群衆が織りなす〈絵画〉と、その中で〈動〉の役割を担う主人公が対比的に描かれている」

「なるほどね。あの長い舞踏会のシーンにはそんな読み解きが可能なのね。でも、じつは〈時間の経過〉という点から私が先に思いついたのは、ヴィスコンティじゃなくて、日本の偉大な俳人のほうだったんだよね」

奥底を見透かしている。だから、たぶんそれはどうしても優先させなければならない用事なのだ。

「わかった。またね」

黒猫は走り出し、手だけでこちらに応えた。

ああ行っちゃった。わずかな口惜しさと、相変わらずの黒猫の様子を微笑ましく思う気持ちが綯《な》い交ぜになりながら、その背中を静かに見送った。

7

空には二日月《ふつかづき》が闇夜にできた瑕《きず》みたいにくっきりと浮かんでいた。七月初旬の夜の空気はまだ疎《うと》ましい暑さには汚染されず、梅雨時の湿った空気からも逃れ、自分のペースをどうにか維持してみえる。

考えてみれば、ぼくは長いあいだ空を見上げることがなかった。

だが、今日、ようやく復讐を終えたのか。まだ、何の実感もわかない。ただ漠とした余白を持て余している。あまりに長いこと、憎しみが人生の真ん中を占めていたせいだろう。

なんだ、こんなものか。

べつだん、晴れやかではなかった。ただ、なんとなく空っぽな感じだ。

品川駅へと歩き出した。

ホテルが遠ざかる。木野監督は救急搬送された先で意識を取り戻したという。死にいたらなかったことには、少しだけホッとしていた。だが、一方で、記憶が戻ったときに、いったい自分のしたことがどれくらい彼の心に残るのかを考えると、いささか心もとない気もした。

復讐には意味があったのか。

木野監督は残りの人生の中で、何度今日という日のことを思い出すだろうか？　それともまったく忘れ去って、なかったことにして生きていくのだろうか？

二分後に駅に着いた。指定席の切符を購入して発車時間を確かめる。京急本線快特の出発までまだ三十分ちかくあった。改札をすぐに潜らなくてもいい。

バーガー店でジンジャーエールを注文して受け取り、ベンチに腰を下ろした。そして、命をつなぐようにひと息にジンジャーエールを半分ほど飲んだ。いまどき、珍しいくらい生姜の効いたジンジャーエールだった。

これから羽田空港へ向かい、遠くの街へ戻らなければならない。大きなスーツケースを運ぶ人の群れ。最近では海外からの旅行客が増えた。この国の〈中心〉として、〈外〉へと開かれた場所は、その社交性を高めているようだ。

けれど、疫病が流行《はや》り、遠隔作業化が進む世界で、果たしてかつてのように〈中心〉というコンテンツが必要なのかどうか。

「お帰りになられるところですか？」

不意に、声をかけられた。

見上げると、黒いスーツを着た男が笑顔で立っている。

「隣に座ってもよろしいですか？」

「もちろん」

「家はどちらですか？」

「九州だよ。君に関係ある？」

「いえ」

「どこかで君に会ったことある？　それともぼくのファン？」

男はくすりと笑った。

「上映会で先ほどお会いしました。というか、あなたは僕と連れのいた席の隣に座っていた」

「……そっか、気づかなかったな」

あの上映直前までひそひそと語らっていた男女の男のほうか。いずれにせよ隣席の客の顔をわざわざ確かめるような趣味は、ぼくにはない。

「でしょうね。壇上に上がるべきでしたよ。重要な関係者なんですから」

どうやら、ぼくが平埜玲だと気づいたようだ。髪の色もちがうのに。

「監督に嫌われてるんだよ」

ぼくは立ち上がった。あまり人と話していたい気分でもなかった。それに、上映会の会場からここまで徒歩二分の距離とはいえ、偶然駅で再会したとは考えにくい。もしかしたら、この男は熱烈なファンで、ずっと尾《つ》けまわしていたのかもしれない。

幸い、歩き出しても男は追ってはこなかった。

ただ一言、背後からこう言った。

「ああ、なるほど、それで」

なるほど、それで？　そのあとにはどう続くのだろう？

だが、ぼくは結局は振り返りもせず、足も止めなかった。

ぼくはこれまでの人生で、異性からも同性からも怖い目に遭わされてきた。君みたいな美しい存在をモノにしたい。何度そういうやつが湧いてきたか知りやしない。女が、外見を崇高な精神と勝手に結び付けてうっとりするのはまだマシだが、男はそれを我欲と絡めてくる。

ジンジャーエールは移動している間にとうとう飲み干してしまった。

喉がカラカラだったのだ。たぶん、緊張もあったのだろう。疲労感もそれなりにある。だが、もうすべては終わったことじゃないか。

改札を潜り、駅のホームで本を読みだしたけれど、簡単には集中できない。

なぜあの黒いスーツの男は、ぼくを尾けてきたのだろう？　周囲を見回した。さすがにもうホームまでは尾けてきていないようだった。

間もなく電車が到着する、というアナウンスが流れたので、ぼくは列に並んだ。電車が実際に到着して出発するまでは、まだ復讐がわずか数パーセント完全には終わっていないような、そんな妙な焦燥感に駆られながら。

快特電車が到着した。席は三両目の最前列の右側の窓際だった。

「奇遇ですね、隣の席とは」

座ってすぐに、その声が降ってきた。立っていたのは、あの黒スーツの男だった。

まじまじと顔を見て、初めてぼくは気づいた。この男、そういえばどこかで見たことがある。もちろんさっきの会場じゃない。あの時は周りを見渡すような余裕はなかった。

「君はたしか、黒猫、とかいう……」

そうだ、テレビ番組で観たことがあったのだ。若き美学教授だが、最近はとくにテレビ出演が増えているのではないだろうか。

「うれしいですね、僕のことをご存じだとは」

「テレビで二、三度拝見したことがあるってだけだよ」

「僕のほうは、最近あなたの活躍をあまり見ていないんです、申し訳ないですが」

「いや……ぼくはもう俳優を辞めたようなものだから」

「そうでもないのでは？　さっきインターネットで調べたら、相変わらずインディペンデント映画のほうにはご出演されていると書いてありました」

「まあね……誘われれば、という感じかな」

さっきまで怪しんでいた男が、有名人だとわかるやいなやぼくは安堵のあまり急激に心を許したい気持ちになった。

「とにかく、さっきはごめん。いろいろとあってすごくナーバスになっていたんだ」

「でしょうね。お気になさらずに」

「ところでさっき言った意味を教えてくれない？」

「さっき言った意味？　はて、僕は何か言いましたっけね」

この男、とぼける気だろうか。

『ああ、なるほど、それで』、そう言った」

「ああ、なるほど、それで。たしかに、言ったような気もしますね。でもきっと大したことじゃなかったのでしょう。なぜそう言ったのかも思い出せないですし」

「いやいや、ぼくが監督に嫌われているからと話したら、そう言ったんだ。絶対に何か理由があったはずだよ」

黒猫はこちらの顔を見て、それから頷いた。

「ああ思い出しました。ええ、言いましたね、たしかに。平埜さん、ではまず上映会で起こった出来事の確認をしたいのですが、よろしいですか？」

そのタイミングで、電車がゆっくり動き出した。

「僕の話は、それほど理不尽なほうには向かわないので、ご安心ください。電車みたいに都市を一方的に縦断するわけでもない」

それは、なんだかその後の彼との会話を予見するような語りだしだった。

8

「まず、はじめに木野監督が登壇して、インタビューが行われました。それから簡単な質疑応答があった。そうして、上映開始からおよそ二分で、木野監督が席から立ちあがり、そのまま倒れてしまって救急搬送された——そうでしたね？」

一節一節でその時の状況を再現するように、黒猫はそれまでよりややゆっくりした口調でそう切り出した。

「そのとおりだったと思うよ。ぼくもその場にいたからね」

ぼくのほうは黒猫のテンポに巻き込まれまいとして、むしろいつもより早口で応じた。けれど、それがあまり功を奏していないことは黒猫の優雅な頷き方から明らかだった。黒猫は変わらぬ調子で問いかけてきた。

「木野監督が倒れられたとき、どう思われましたか？」

「どうって……どうしたのかなって心配したよ」

「でもあなたは動きもしなかった。かつて木野監督の映画で主演をしたのに、助けにいこうとは考えなかったわけです」

「……嫌われているから」

「そういうことです。だから、僕は『なるほど、それで』と言ったのです」

「なんだ、そういうことか」

なぜか、合点《がてん》はいっても安心は少しもできなかった。むしろ、話を聞いたことで、よけいに緊張感が高まってしまった。ぼくはもしかして、話しかけてはいけない相手に深入りしてしまっているのではないだろうか？

「ちなみに、なぜ嫌われていると思うのですか？」

「はっきり木野監督に言われたんだ。君からは美が離れたってね。だからもう二度と起用することはない、と。映画界からの抹殺宣言さ」

「そうでしたか。では、インディペンデント系で細々ではあるけれど映画に出演され続けているあなたをみて、内心は苦々しい思いをされていたかもしれませんね」

「どうだろう。その前に、ぼくの活動なんて知らなかったんじゃないかな。自分の映画がいちばんという人だからね」

「まあそうかもしれません。ところで、なぜ木野監督は席を立ったのだと思われますか？」

「……知らないし興味もないよ」

「これは、あくまで僕のいる角度から見た限り、という話ですが、卒倒する間際、木野監督の視線はあなたのいた席の付近にあった気がするんですよ」

「そう？　じゃあ、ぼくが来てるのを知らなくて、驚いたんでしょ。だとしたら、わるいことをしたなぁ。倒れたのはぼくのせいかもしれない」

するすると、黒猫は苦笑した。

「あなたは、とても正直に話されている。だから、僕はあなたの話をほとんどすべて信じてもいいかな、と思っています。ただの一点を除いて」

「一点……？　どういう意味？」

ぼくは少しずつ理解しつつあった。はじめに感じたとおり、やはりこの男は何かを、それもぼくが思っている以上に多くのことを、すでに知ってしまっているのだ。

問題は、それがなぜなのか、皆目こちらにはわからないことだ。

9

「映画は、海から助けた少年に耳元で囁かれ、老画家が動揺する、というシーンからスタートしていましたね」

「そうだね。いまだに観るだけで不快なシーンだけど」

ぼくはそのときの出来事をまだ鮮明に覚えている。

「あのシーンについて、上映前に、トークショーで尋ねられた木野監督は、こう答えています。『本当は平埜クンと、老画家役の高橋さんの表情を交互に映してロングショットにしようかと思ったが、そういう事情で結局三分に収まったんだよ』と」

「まったく、ふざけた話だよ。いまならあり得ないよね。ちょっと前に、ハリウッドで次々に映画監督やプロデューサーがハラスメントで告発された。性的搾取をされたと俳優たちが訴えたんだ。そうして、この国でも最近になって同じような動きが出てきた。でもどうかな。木野監督ほどの巨匠になってしまうと。そもそも、彼が傍若無人な人格なのは世間一般にイメージとして広まってしまっているし、そうなると、いくら行動が問題視されても、あの監督ならさもありなんていう雰囲気になって結局おとがめなしで終わる。今日のインタビューのときの会場の反応がそれをよく表していたよ」

「そうでしょうか？　何人かはざわついていましたし、さきほどSNSをみたかぎりだと、客席にいたらしい人のアカウントが木野監督のやり方を問題視していましたね。それに対するそれなりの反応もあったようです。まだ炎上にまでは至っていませんが」

「くだらないよ。しょせん、現実の世界を動かすほどの力はもたない」

「最近はそうでもないから、やや厄介なところでもあります。世間一般とＳＮＳは表皮と神経のような関係にある。神経で起こった炎症のすべてを問題視するのではなく、状況に応じて皮膚に変化がないのならよしとする判断も重要です。ところが、最近は神経の炎症はすべて問題として大事《おおごと》にされる。まあそれはともかく、実際のところ、木野監督はいったい、どんなセリフを言わせるつもりだったのでしょうね？」

黒猫の顔をみた。本心から疑問に思っているというより、算数の答えを尋ねるときのような、そんな雰囲気を感じた。つまり、尋ねる前から、黒猫は答えを知っている。

「それをぼくに聞いているの？」

「いえ、まあそれはどうでもいいんですが」

「不快な思い出は焚火で燃やす性分なんだ」

「いい心がけです。僕も要らないものは次々に燃やします。あいにく、本だけは燃やせないのが悩みの種ですが」

不意に、ぼくは苛立ちを覚えた。この男がわざと悠長な話し方をしていることに気づいたからだ。

「こんな話を君はいつまで続ける気なんだい？　ぼくは疲れたからできれば少し寝たいんだけどね」

「もちろん、眠るのはご自由に。眠りに落ちるまで、隣で僕は独り言を話しますが、それは構いませんね？」

苛立ちつつも、ぼくは頷き返した。ふてくされながら、ぼくは目を閉じた。でも内心では、恐れていた。すべてを明るみに晒《さら》されるのではないか。そんな予感めいたものがあった。

「今日監督が言っていたのは、あるセリフをあなたが拒否したがために、それがなくてもわかる演出に変えた――そういうことでしたよね？」

「そうだろうね。ほかに意味がとれるとも思えないけど、それがどうしたの？」

「監督が席を立ったのは、このシーンがある上映開始二分」

だんだんぼくはイライラしてきた。二重の苛立ちだった。黒猫の話が遅々として前に進まないことへの苛立ち。そしてもう一つは、先へ進んでしまったら、危険な場所に到達してしまうのではないか、という恐れ交じりの苛立ち。

「それが何か？」

「つまり――こういうことです。あなたが拒絶したがためにセリフはなくなり、冒頭シーンは監督いわく〈三分で収まった〉のです。そのシーンで、木野監督は倒れたわけですね。ところが、その時間は、上映開始から二分ちょうどだったのです」

「……カウントの仕方がおかしいんじゃない？　たぶん三分だったんだよ」

「いいえ。僕のは衛星時計ですから、一秒たりとも狂わないんですよ」

黒猫はそう言って、スーツの下から腕時計をみせた。

「つまり、監督が倒れたのは、一秒の狂いもなく上映開始二分だったんです」

「……」

手が、かすかに震えそうになっていた。ぼくはそれを抑えるために、あえて手に力をいれなければならなかった。

「だから何なんだよ？　さっきから。ほら、ぼくはもう寝る。わるいけど、話はこのへんで…

…」

「慌てなくても、もう、すぐに終わりますよ。つまりこういうことです。今日の映画は――一・五倍速での上映だったのです。少なくとも、開始二分までは」

緊張と緩和を繰り返していた心の糸が、ばさりとハサミで切られた。

10

「……それは君の主観に過ぎないんじゃないの？」

虚脱感と、それから少しの解放感と、さまざまな感情が洗濯機から出てきた靴下みたいに絡まり合っていた。

「僕はあの映画を自宅で二十回以上は観ています。もちろん、それでも〈速い〉と感じたのは僕の主観だという見方は成り立ちます。しかし、時計の針は誤魔化しようがない。一・五倍速。通常、一分間には一分ぶんの映像が流れますが、一・五倍速なら、一分三十秒ぶんの映像が流せるわけです。つまり、どういうことかわかりますね？」

「二分間に、三分ぶんの映像を流すことができる」

「そういうことです。全篇をその速さで流せば誰でも違和感を抱くでしょうが、セリフがなく、人物の動きも少ない冒頭の三分なら、一般客にはさほど不自然さに気づかれずに済む。そして、その倍速上映こそが、木野監督が倒れた理由ではなかったか、と僕は考えています」

そこまで一気に、ひとっ跳びに到達してこようとは、さすがに驚いた。

「どういうこと？」

「あれは木野監督自身の作品。彼がどれほど歪んだ人格かは知りませんが、とにもかくにも、彼が心血を注いだ作品であることは確かなのです。その作品を倍速上映されたと気づいたら、屈辱は計り知れないでしょう。だから彼は席から立ち上がった。

しかしそれだけではない。振り返って会場を見回して、彼は我々の隣の席にいたあなたの顔を見た。そこで倍速上映の意味が理解できたのでしょう。木野監督は、あなたが冒頭の台詞を拒絶したと話している。恐らく性的な誘惑の言葉を言わせようとしたのですが、映画の世界に飛び込んだばかりのあなたは拒否した」

ぼくは目を閉じた。

思い出したくもない。できることなら、記憶を焼き切りたい。

けれど、それだけはできなかった。

「あのシーン、じつは、撮影の順序としてはかなり最後のほうに撮っているんだ。つまり、ほかの俳優がみんなクランクアップしてしまって、あとには老画家役の俳優とスタッフ数名しかいない状態だった」

「か弱い演技未経験の少年には酷な状況ですね」

「監督の思いつきさ。ひどく意地悪な目をしていた。明らかに、ぼくを辱《はずかし》めてやろうという意図を感じたよ」

「だからあなたは拒絶した」

「『あなたは僕を手に入れた。さあ早くして』そう言わせようとしたんだ。あくまで性的なニュアンスでね」

なんでぼくがあのとき、それが性的ニュアンスだと理解できたのかは今でもよくわからない。でも、ほぼ本能的に、このセリフは言ってはいけないんじゃないか、という気がした。

――どうしたんだ？　大したセリフじゃないぞ？　さあ、言ってみなさい。

だが、ぼくは泣いていやがった。

やがて、助監督の人がさすがにまずいです、と進言して、なしになった。木野監督はひどく不機嫌になって、周囲に当たり散らしていた。ぼくには当たらなかったけれど、その代わりに何度も助監督をぶった。

「あのセリフを拒絶したことで、木野監督はプライドを傷つけられ、ぼくをお払い箱にしたんだと思う。最初はきっと小さな傷だった。でも、時間が経つにつれて、その傷口が開いていってしまったんじゃないかな」

実際、プロモーションのために一緒に試写会に挨拶回りを始めた頃は、彼の中にも歩み寄ろうとする気配があった。けれど回を追うごとに、不機嫌さは増し、修復は不可能になっていった。

「まったく、愚かなことですね。しかし、僕は全面的に同情しているわけでもないんです。あなたはその復讐として、映画を倍速で上映した。あの時言わなかった『早くして』への遅れた返答として、映画自体を『速く』したわけです」

罪の砂をスプーンで厳密に計量するような黒猫の言葉に、ぼくの神経はわずかに波立った。

「ぼくを責めてるの？」

「いいえ。今回の復讐が法に反するわけでもないですからね。ただ、復讐を実行した人間に共感まではしない、というだけのことです」

低血圧の天気予報士くらい淡々とした調子で、黒猫はそう言った。

「ぼくは復讐を思い留まるべきだった？」

「あなたがそう思うのなら」

「いや、ぼくはそうは思わない。彼はぼくのルックスに初めから惹かれていた。演技力なんかもちろん評価していない。ただ容器としての美少年がほしかったんだ。人格なんか認めていなかった。根っからのルッキズム信奉者さ。虫唾《むしず》が走る。彼は報復を受けるべき人間だったんだよ」

話すうちに、身体が熱をもつのがわかった。隣にいる男とは大違いだ。ぼくは徐々に冷静さを失いつつあった。感情は昂ぶり、かつての屈辱が血管という血管を駆け巡った。

「あなたがそう言うのであれば、きっとそうなのでしょう。物事には、人それぞれの解があるだけです。少し、美学の話をしてもいいですか？　何しろ、僕の専門なもので」

美学の話？　その思いがけない提案に、昂ぶりつつある感情が断熱材に入れられたような、不思議な感覚を味わった。拒絶する理由を考えるほうが面倒に思えた。

「もちろん。構わないよ。眠気も飛んでしまったところだから」

ありがとうございます、と黒猫は言うと、一拍置いてから言葉をつないだ。

「古来、美は対象にあらかじめ備わっている客観的な性質であると考えられていました。しかし、近世の美学は美を主観から考える道を選びます。カントは美以外の一切の関心を抜きに判断する力を主観の中に見出しています。それまでの客観的規定としての美からの脱却ですね。この両者の考え方は対立するものですが、たとえばヘーゲルなどは折衷的に考えていたところがあります。いわば、客観的に備わった美が、主観の自由な精神によって把握されることで美を知る、という客観と主観の邂逅ですね。このような思考においては、客観的な美が主観的な美によって退けられることはない。

あなたは木野監督が外見至上主義だった、と考えている。つまり、美を客観的な対象の性質として捉えていた、ということになります。でも、僕が知るかぎり、木野監督は外見至上主義ではないんですよ」

「え……？」

「もちろん、外見は入口として重要だったかもしれません。あなたが美しい外見を持っていなければ、それ以上あなたを観ようともしなかったかもしれない。その意味では、木野監督はたしかに外見を重視しました。しかし、一方で、芸能界にはあなたクラスの美男美女は山ほどいたわけです。そのとき、最終的に木野監督があなたの中に観ていたのは、外見ではなくて、その目に宿る力や、しぐさ、話し方、そうした全般から主観が受け取る内奥の光のほうだったんじゃないでしょうか」

「そんなことは……あれから何人の奴らがぼくを辱めようとしてきたのか君は知らないから……」

ぼくの受難は、むしろあの映画から始まったと言っていいくらいだった。ありとあらゆる場所で、ぼくはあの映画による害を被《こうむ》ってきた。いろんな人たちがぼくに好奇の目を向けた。みんなが言った。「見ろ、あの美少年がいる」。ぼくには大人たちのつけた身勝手な神秘の香水が振りかけられていた。

「たしかに。でも木野監督が、あなたに見出したものと、世間が見出したものには差異があるのでは、と思いますね」

「世間の目ほど木野監督の目は腐ってはいないってこと？」

「あるいは」

ぼくは、木野監督が面接で初めてぼくを見たときのことを思い出した。

――海を長いこと見てきたような目だな。

――え？

――海の中にはさまざまな危険が潜んでる。鯨や鮫もいれば、津波も起こる。だが、海を眺め続けてきた者であれば、必要以上に身構えることはしない。それが、君の目だよ。大人が自分をどう思ってるか、おおよそわかっている、という目をしている。

そう言われた時、ぼくはハッとしたものだ。それは、ぼくが日頃まさに思っていることだったから。ぼくは大人が自分をどう思っているのか、おおよそわかっていた。

そうだ。たしかに、あの人は外見だけを見ていたわけでは――。

ちがう。そうじゃない。そんなわけはない。

「あなたにぼくの気持ちはわからない」

黒猫はやさしく頷き返すと、ピアニストが最後の一音の響きを確かめる時のようにそっと目を閉じた。

「お察ししますよ。あなたのこの四十年の苦悩は」

11

復讐を決めたのは、五十七歳の誕生日の一ヵ月ほど前に不治の病に冒されていることを医師に宣告されたからだった。だから、子どもの頃に『西にて死なむ』を観てぼくに魅せられたというエージェントの美知絵に上映会の企画を依頼した。親子ほど歳の離れた彼女だけれど、ぼくの意向に異を唱えず、言外のニュアンスまで察して動いてくれるのは本当に感謝しかない。

彼女は同性のパートナーとともに暮らしており、その女性もぼくによくしてくれて、二人でぼくのマネジメントを手伝ってくれるようになっていた。

美知絵は、ぼくが上映会を開いてほしい、というと、ぼくの目を見て呼びかけた。

――そうすることが、本当に大事なのね？

――うん。ぼくにとって、とても重要で、かつそうすることがぼくを幸せにするんだ。

――わかったわ。上映会を企画するのは得意なの。任せておいて。

この四十年、方々で美少年役の面影を引きずり続けた。

烙印をつけて捨てた当人が何も知らずに生きることは許されない。そう思ったからこそ、復讐することには、何の迷いもなかった。

ぼくの席の右隣には黒いスーツの若い男がいて、その横に彼の連れ合い、そのさらに向こうにはたしか金髪の気取った子どもが座っていた。いま思えば、あの黒いスーツの若い男が黒猫だったのだろう。だが、あのときのぼくはそれどころではなかった。

上映開始から二分後——木野は怒りに震えながら立ち上がり、振り返って客席でぼくを見つけた。

あの時の顔が忘れられない。

あれは、死霊と目を合わせた者の顔だった。

いつか、ああやってぼくに冷めた目で見据えられて倒れることが、彼には運命づけられていたのだ。そう、ぼくを見初めたあの日から。

「これは、あくまで僕の私見ですが」

黒猫がそう切り出したとき、ぼくは目を閉じていた。

でも寝たふりがこの男に通じるわけはない。

「なんだい？」

「木野監督は、あなたを捨てたのではなく、美の輝きにすがる自分が惨めになったのですよ。おそらくは。とくにあの映画において、彼は監督賞をとれなかった。でも、あなたは主演男優賞を総なめにした。作品賞はとったけれど、木野監督はそれが自分の実力ではなく、あなたの美の力だと思ったんでしょうね。だから、次もまたあなたを起用すれば、自分があなたの美にすがっていくことになる。その未来が見えてしまったんだと思います」

「……知ったことじゃない」

ぼくは窓のほうに顔をそむけた。なぜか、頬のあたりに熱い雫が這って降りていく。撮影中の感情を思い出した。あの瞬間、ぼくは誰よりも監督を慕い、尊敬し、愛していたのに。ぼくの世界の中心に、あなたはいたのに。

気がつけば、電車はすでに京急蒲田に到着していた。その次は羽田だ。

「さあ、憎悪も涙も、この虚飾の、空洞化する都市に置いていきましょう」

幕間《インタールード》

次に電話をかけたのは、平埜玲だった。あの映画に主演していた俳優。いまは初老に差し掛かり、インディペンデント映画にのみ出演している、とインターネットで調べてわかった。最近出演した作品のホームページに行くと、顔写真も掲載されていた。驚いたのは、その人物が我々が映画を観賞したとき、黒猫の隣にいた白髪の男性だったことだ。あのときはそうと知りもせず、こちらは上映中に立ち上がり、振り返った時の木野監督の視線が自分の隣に座っていた美少年に注がれている気がして、会場でスカウトでもするのではないか、なんてことを考えていたのだった。

けれど、結局その平埜玲は電話には出てくれなかった。何度か時間を空けて電話をかけてもやはり結果は同じだった。平埜玲はおそらく見知らぬ電話番号からの連絡には応じない主義に違いない。

気持ちばかりが焦っていた。学会の会報誌をまとめる作業が終わってひと心地ついた頃には、気がつけば日も暮れかけていた。

手がかりを摑まなければ。一刻も早く黒猫に大学内における彼の状況を伝え、唐草教授に連絡させせないと。

もう一度電話をかけてみるか。

だが、その前に電話が鳴る。相手は灰島浩平《はいじまこうへい》だった。こちらが講師として出向しているK大学の教授であり、講師に抜擢《ばってき》してくれた上司でもある。極めて毒性が高く、こちらに緊張を強いるタイプだが、付き合いが長くなるにつれ、その情の深さが露呈しつつある。

「まだ黒猫クンを探しているのかね?」

灰島には、講義の打ち合わせの連絡がきたときに、黒猫の失踪について打ち明けていた。

「ええ。まだ何の手がかりも摑めなくて……」

「心配には及ばないと思うがね。彼はあの老いぼれの唐草が思うほど赤ちゃんではあるまい。それより、昨日の君の論文を読んだ。感想を聞きたくはないかね? ディナーでもかねて」

「夕飯にはちょっと……」

「ふむ。そうか。ならば、ガラのスープは冷蔵庫入りだな」

ディナーと言ったのに、どうやら外食の誘いではなかったようだ。紛らわしい。

「夕飯が無理なら、これに麺を入れてベトナム風のヌードルにして夜食で、という手もある」

「夜食でも答えは同じです」

「とにかく君はもう少し迷子のシャ・ノワールを探すわけだ。ならばとにかく気をつけたまえ。

迷子のシャ・ノワールは闇と判別がつかない。気づかないうちに、深い闇にはまり込んでしまうこともあるのだ」

「わかりました。気をつけます。あと……ありがとうございます」

電話を切った。それから、深呼吸をした。もっとほかの言葉で伝えたほうがよかったのか。いまだに灰島との距離の取り方は難しいな、と感じる。

電話を切ってから、鞄の中にしまったままの婚約指輪の箱を取り出した。それに指を通したのは一度きりだ。これまでと、これからを分ける境界の環は、月に青を溶かしたような輝きを放っていた。

ふたたび指輪をしまった。まだ常時指輪をする気分にはなれない。何はともあれ、黒猫の行方を調べなくては。

けれど、その前に済ませておかなければならない案件がいくつもあった。そこから一時間あまりは、後輩の研究生に学会の事務作業の引継ぎや、機関誌掲載の論文の編集、校閲にあたる際の注意点などを一通り教えたりといった雑務に追われることになった。少しずつ、今のうちから仕事を任せられる研究生を増やしていかなければ。

それらを終えてから、ようやく来訪者名簿を開いた。

次に電話する相手、網野美亜は何か知っているかもしれない。何しろ、彼女は黒猫と、ある意味では部分的に価値観を共有していたのだから。

第三話　黒くて白い製図法

■息の喪失

Loss of Breath, 1832

結婚の初夜、〈私〉は妻の咽喉をつかみ、罵詈雑言を吐かんとしたその刹那に息を失ってしまった。声も出ない状態に戸惑いつつも、〈私〉は自室で息を探す。だが、息は見つからない。自らの状況に危機感を募らせた〈私〉は、ついにある早朝、某市行きの郵便馬車に乗りこんだ。

しかし、混雑する馬車の中、息をしていないことが乗客たちに露呈し、放り出されてしまう。どうにか居酒屋〈鴉軒〉に辿り着いた〈私〉は、物珍しさに店主に買い取られ、外科医のもとに運ばれて解剖されることになり、死体と認定されるが、二匹の猫が〈私〉の鼻をめぐって喧嘩を始めたのに憤りを覚えて窓から逃げ出す。

ところが、飛び降りた先は、自分にそっくりの顔をした盗賊を移送中の馬車で——

——奇想天外でユーモラスな語りが光る初期短篇。

第三話　黒くて白い製図法

1

網野美亜が休憩から戻ってパソコンを開くと、若い女の全身肖像画が待っていた。

女は溌剌《はつらつ》とした笑顔であらぬほうを見上げている。麦わら帽子をかぶった頭の後ろで両手を組み、わずかに腰を曲げたポーズはコケティッシュだ。タイトなスカートに、ぴったりとしたTシャツは、彼女の肉体美を強調してもいる。Tシャツはシュータケダコレクションというハイブランドの最新オリジナルデザインだ。

純白の生地に毒々しい赤の特殊な乱れた書体で〈らぶ&ぴーす〉と記されているだけの、シンプルなデザイン。ハイブランドらしく無駄を削ぎ落としたメッセージTシャツ。その〈ら〉の部分に穴が開き、そこから血とともに迷彩服を着た小さな男たちがぞろぞろと出てきて銃を構えている。流れた血液は、血文字で床に〈あぐれっし〉と書いている。Tシャツの中の文字をつなげて読めば、〈あぐれっしぶ&ぴーす〉となる。

肖像画のほうはややもすると、いささか過激で煽情的になるところが、女の表情のせいかぎりぎりのところで芸術に踏みとどまっている。女の笑顔には爽《さわ》やかさと、繊細さが同時にある。

その左上にある小さなウィンドウには、その絵とまったく同じ構図で映っているモデルの写真があった。SNSにとあるモデルが投稿していた写真を、作業用に保存しておいたものだ。

その被写体に、網野美亜は会ったことがない。ただ、見ていると、妙に心和《なご》むところがあった。彼女の服装やポーズは蠱《こ》惑《わく》的に人を誘い込むが、その表情にまだ自信のなさが見え隠れしている。その揺らぎが、妙に愛おしい気持ちにさせる。

美亜は、自分の描いたその作品に大いなる満足を感じた。写実的なタッチの中に、荒々しい獣めいた息遣いと、前衛性が溶け合っている――美亜は自分の苦手な絵画批評家の何人かが言いそうなことを頭の中で想像してみてから、一度立ち上がり、珈琲を淹《い》れた。

まだもう少し筆を足さなければ、コントラストが曖昧な気がする。

それから、憂鬱な気持ちでSNSを眺めた。

今日もSNSのタイムラインには、ネガティブな言葉たちが川のように流れていく。最近では、この川の流れは一見白く澄んで見える。さまざまな正義を主張する声で溢れている。差別にも厳しく、人権にも目覚ましく、政治の欺瞞《ぎまん》にも、疑似科学の巨悪にも、容赦のない怒りが向けられている。

けれど、なぜだろうか。ときどき吹き出したくなる瞬間がある。

こんなこと、みんな真面目に言っちゃって、まったく何様のつもりなのかしら。

わかっている。間違っているのは自分だ。みんなそれぞれの正しさを主張し、そこにはじゅうぶんなソースとエビデンスとがあり、まばゆいばかりに正義の輝きが漲《みなぎ》っている。

そこかしこに正しさが溢れている。結構なことだ。

けれど——どこか歪んだ世界。そんな世界が、ここ数年の当たり前になりつつある。誰もが自分の正義に酔いしれて、その当たり前がおかしいことにも気づけていない、そんな気がする。

「そんなこと言って自分はどうなんですかぁ？　美亜さん」

作業を進めながら、美亜はひとり呟いた。美亜にとっての正義は、いい絵を仕上げること。それ以外にはとくにない。取引相手が感動してくれれば言うことはないが、戸惑うだけでも、結果的に功を奏することはよくある。ここが難しい。その人物が正解を手にしているわけでもないのだ。

ときには、素晴らしい絵です、ありがとうございます、と感謝を告げながら二度と連絡がこないこともある。相手の反応を真に受けるわけにもいかないし、真に受けたところで、それで画壇に評価されなければ意味がない。厄介な依頼人もいる。「責任をとりますから」と言って、自分の言うとおりの絵柄に変更させようとする輩《やから》。もちろん、従うのは構わない。だが、それで本当にいいものになるの？　従っている最中、こっちはまったくその出口が見えないときがある。そして、挙句がさんざんな結果に終わる。

すると、その依頼人はさっさと撤収して跡形もなくどこかへ消えてしまう。残された「責任をとりますから」という言葉の真意について問いたくても、その人物がそこにいない、という事例に何度出会ったか知れやしない。

とくに——ウイルスが蔓延《まんえん》するようになってからはひどいものだった。

廃業寸前にまで追い込まれてみて思うのは、とどのつまり、自分の責任をとれるのは、自分ただ一人なのだということだ。そこで依頼人が何と言ってこようが、依頼人に責任はとれない。たとえ、褒められてもダメだ。依頼人などアテにしていては、あっという間に店じまいをするしかなくなるだろう。

自分の感性だけが頼りなのだ。とくにこの崖っぷちの状態では。

この大仕事を機にもう一度絵画の世界を席巻する——。

そうでなければ、あとはべつの職にでも就くほかはない。

パソコンの横には、ファンからの手紙があった。現在の唯一の心の支え。

この応援に応えたい。感謝をこめて。だからこそ今、すごく気鬱《きうつ》だった。これでいいのか、という気持ちと、これでいいのだ、という感情がせめぎ合っている。

網野美亜にとって、画家という職業が果たして天職であったのかはわからない。ただ、今となっては、それまでのどの職業よりも長いキャリアになってしまった。それだけの経験もしてきたつもりではある。

けれど、いまやっていることが正しいのか間違っているのか、本当のところではまったくわからなかった。世間の目はどうだろうか？　世間はもっと単純だ。正義を主張したい人間で溢れている。きっとさまざまな正義の声を聞かせてくれることだろう。どうだっていい。

今回の依頼人は、〈芸術潮竜〉の編集者の戸影《とかげ》だった。雑誌の特別な節目に当たる記念号の表紙の絵を頼んできたのだ。

——網野先生は、平成から令和にかけて活躍されている画家で、かつさまざまな時代のコードをクリアして活躍されています。我々としても、ある種、新時代の象徴として網野先生を考えているのです。

話半分、いやそれ以下として、美亜は聞いていた。

この手の話は、どうせ何人かの画家に断られてから自分のところに来ているに決まっている。そういうのは、締切のキツさで大体想像できる。こちらが推し量れないとでも思っているのだろうか？　だとしたらずいぶん馬鹿にされたものだが——。

しかし、それはそれとして、相手が切羽詰まっているのも確かだろう。結局のところ、美亜は財布事情などもあって、その依頼を引き受けた。そうして出来上がったのが、この絵だ。

たったの二週間で、大事な何十周年だかの絵を描けという。大先生に断られたのだろうが、自分だってそれほど志が低いつもりもない。もしも世が世なら、今よりずっと有名な画家になる機会だってあったはずだ。すべてはめぐり合わせだ。こう言ってしまえば、それは負け犬の遠吠えにも聞こえるだろうか。

美亜はモデルの着ているTシャツの〈ら〉の部分の裂けめに入念に色を足してからタッチペンを置いた。

「ううむ、いいんじゃないですか？　美亜さん。素敵素敵」

まずは自分で自分を褒めたたえた。いつもの儀式みたいなものだ。

とにかく、絵は完成した。しばし美亜はその絵に見入った。モデルとなった女性の写真と体型を比べる。見事に写し取れた。その出来に自分でうっとりするくらいだった。

絵を眺めているうちに、生意気な気持ちになってきた。

「あとは、あなたがお決めなさい」

そう独りごちながら、戸影に送信して、ため息をついた。

「送っちゃった……どうなることやら……ああ、やってしまいましたねぇ」

今になって、ゆるやかに後悔が押し寄せてきた。でも、それはあるとき梶井基次郎が、とある書店で檸檬《れもん》を置き去りにしたときにも、ほんの数パーセントは感じたものかもしれない。そんなふうに考えた。

どんな事態が起こるか想像して憂鬱になりながら、美亜はシャットダウンを押した。

エアコンをつけずに窓からの夜風だけで作業していたせいか、室内にすっかりパソコンの熱が籠もって熱帯夜になっている。窓を閉めてエアコンをつけ、汗ばんだシャツを脱ぎ捨てて新しいシャツに袖を通した。

さあ、ネットフリックスでも観て、気持ちを切り替えて寝よう。

2

その二週間後の話である。急遽、戸影がWeb会議をしたいと申し出てきた。前の晩に、出版社のSNSアカウントあてに網野美亜のトレース疑惑について、と題されたダイレクトメッセージが届いたというのだ。

画面共有で文面も見せられた。

〈網野美亜はモデルのネルのSNSの写真をトレースしています。御社はそれをそのまま表紙に使ったりして良識はないのでしょうか〉

雑誌の発売日は来週で、ネット上で書影を公開したとたんにこうした投書が届いたらしい。美亜はしばらく文面をまじまじと眺めたあとで言った。

「ああ、これ匿名アカウントですねぇ」

アカウント名は〈トシヤ〉。アカウント画像は猫の写真だった。

SNSは匿名アカウントの割合が比較的高い。実際、いまの時代、自分の名前を売りたいと思う人間以外は、本名でSNSをやるメリットは薄いだろう。

「まったく馬鹿みたいな話ですねぇ」

「そんな悠長な……もう少しことの大きさをですね……」

戸影が困惑気味になる。これは、予想通りだった。戸影にしてみれば、お盆明けにとんだ騒動に巻き込まれたといったところだろうか。

「この人、すでに今日の午後にはこんなことを投稿してるんですよ、見てください」

そう言って戸影は、今度は〈トシヤ〉がアップした投稿を画面共有で開いて見せた。

〈今月の《芸術潮竜》の網野美亜ってアーティストが描いた表紙の絵、完全にネルがSNSに投稿した写真のトレースだ。着てる服まで全部同じ。あんなものよくプロの絵師さんが堂々と出せたもんだ。載せた出版社も出版社だよ〉

「なるほど。ダイレクトメッセージが来ただけでなく、すでに世間に向けて情報が発信されているわけね。それで？　トレースだったら何だっていうんです？」

投稿の下にある総表示回数を見るかぎり、すでに何千件と拡散されていた。美亜はさらにこう続けた。

「自分の名前も明かさない人間が、どうして告発を気取ってるんでしょうね。放っておきませんか？」

するとと戸影はかぶりを振った。

「そうもいきません。すでに多くのアカウントが反応しはじめているんです。たとえば、これとか……」

そう言って彼は、べつのアカウントの投稿をまた画面共有で開いてみせた。

〈網野美亜とかいう人終わったな。借りパクしたらもう芸術家とは呼べないだろ〉

「ほかにも、これとか」と、戸影はまたべつの投稿を見せる。

〈モデルの写真トレースして仕事に使うとか、網野美亜って画家には常識もプライドもないのか〉

いずれも匿名アカウントではあるが、この勢いで投稿されているのなら、そのうち著名な文化人あたりも糾弾し始めるのかもしれない。

「トレースだったら困りますよ。それはパクリだってことですから」

簡単な言い換え。けれど、そんなことでこちらが引き下がると思っているあたりが浅はかだ。

「そもそもなんだけど、他人の写真のトレースはパクリとイコールなんですか？　本当？　それが御社の方針？　たしか？」

「いや、イコールではありませんけれども、芸術上の意図でやったのでないなら、やはり問題にはなります」

「芸術上の意図かそうでないかを決めているのは誰ですか？」

「誰……」

鳩の目みたいになった。考えたこともない問いを尋ねられたという顔だった。

「誰かが決めたはずですよね？　これはわざとだから芸術、わざとじゃないから芸術ではない、というふうに」

「それは……」

「なぜ今回だけが問題なのか。その理由を説明してくれませんかぁ？」

美亜の言葉で、ふだんは爽やかな戸影の顔が、老けたラクダのように、ひどく憂鬱そうになった。できることなら、何も考えずにこの場をやり過ごしたい。そう考えているのが、ありありと伝わった。

「そもそも、戸影クンはその写真を見たのですか？」

「見ました……」

「それで、パクリだと思うわけですか？　戸影クンが『すばらしい！』と絶賛して、『二十周年記念号にふさわしいです！』とまで言った絵は」

「……結論からいうと、僕にはわかりません。実際に、ネルさんのアカウントも覗いてみましたが、たしかに構図はまったく同じとも言えます。スタイルも構図もほぼ同じだけど、それは偶然の一致かもしれませんし……ちなみに、ネルというモデルのことは……」

「知りませんよ」

「本当なんですね？　このモデルのネルさんって方のアップしていた彼女自身の写真とかなりよ

く似ていると思いますが」

「知りもしない女性よ。そんなことより、まず匿名アカウントからの告発を真に受けるつもりなのか、そういう部分から御社の方針をはっきりさせてほしいですねぇ。表現に携《たずさ》わる者として、御社の心づもりを知りたいですよ。我々表現者を守る気があるのか、ないのか」

「……わかりました。美亜さんを信じます」

美亜は椅子に深く沈み込みながら、「四十点」と内心で呟いた。信じるとか、そういう曖昧なことを言われるのが好きではないのだ。セリヌンティウスじゃないんだから。方針を示すというのはそういうことではないのに。なぜそれがわからないのだろうか。

そのあとは一通り、今後の進行についてなど話し合ってからＷｅｂ会議を切断した。

いささか消化不良の感情をどうすることもできず、美亜は室内の猫を抱き上げた。三毛猫のエルザは今日も毛づくろいに忙しく、抱き上げられたことをむしろ迷惑に思っているようだった。それでも顎《あご》の下を撫でているうちに目を細めてうっとりと顔を上げてくれた。

「さて、どうなるんでしょうねぇ、美亜さんは」

エルザは接吻でもしようとするように美亜に顔を近づけてきたが、美亜はエルザをそっと下ろし、代わりに餌を与えた。エルザは気分を切り替えて餌に夢中になりはじめた。

美亜は面白くない気持ちでコーラを飲んだ。夏のコーラは、特別な魔法がかかっている、と子どもの頃は思ったものだが、いまはその効用もさほどではなくなっていた。たぶん戸影についた小さな嘘がストレスの原因となっている。

あの雑誌の表紙の絵は、ネルの写真を見ながら描いた。

ただし――どこまでをもって現代人は〈トレース〉と言うのだろうか。それは純粋に気にかかる。たしかにネルの写真を撮ったのは美亜ではないけれど――。

「これでいい。これでいいのよ」

自分に言い聞かせるように、美亜は何度もそう呟いた。

自分のSNSのページを開いた。いくつもの通知が届いている。開けるのもこわい。どうせすべて誹謗中傷の類だろう。昨日までろくに絵を眺めたこともなかった連中が、正義の金棒ひとつ手に入れて向かってきている。何なら、命まで奪っても大義名分さえあれば正義だと思うのかもしれない。そんな勢いだ。

一応、通知を開いてたしかめた。ある程度の覚悟をもって開けば、罵詈《ばり》雑言《ぞうごん》だらけでもたいして心は動かなくなる。どうやら、そのうちの何割かはネルのにわかファンによるもののようだ。

美亜が見ていたかぎり、昨日まではネルのフォロワーは千程度だった。それが、いまはすでに一万を超えていた。今回の件を機に、ネルを女神のように敬《うやま》う信者たちが誕生したようだ。そして、その者たちの手によって美亜バッシングはさらに激化している。

そのことが、通知の数でわかる。最初は分刻みで増えていた通知が、秒刻みになり、やがて秒を振り切るほどの速度に変わった。ああ、これが炎上か。

どこか他人事《ひとごと》のような感情で、美亜はそれを眺めていた。

3

「エドゥアール・マネの《オランピア》は、ティツィアーノの《ウルビーノのビーナス》と構図がほぼ同じですよね。モデルの手の位置、足の組み方、腕につけた金のブレスレットまで一致している。でもこれは構図を借りて当時の現代性《モデルニテ》をそこに融合させた画期的なアイデアですよね。それが当時批判されたのはどうしてなんですかねぇ……」

戸影は興奮気味に一気にしゃべった。最近、編集をしながら吐き出すあてのなかった疑問が、口を開いたらとめどなく流れてきたのだ。

戸影に背中を向けた黒いスーツの男は、黒猫と呼ばれる美学教授である。戸影の学生時代の卒論指導教授だ。あの頃、戸影は黒猫に強い憧れをもち、つねに黒猫みたいな研究者になりたいと思っていた。

黒猫は、戸影の話に相槌を打とうとしない。ただひたすらノートパソコンのキーをリズミカルに叩き続け、己の作業に集中しているように見える。でも戸影はわかっている。この男が何かを聞き逃すなんてことはあり得ない。たとえ一つの作業に熱中していても、その耳は冷静に周囲の音を拾っている。

「当時からしたら、生々しくて卑猥《ひわい》だったっていうことなんですかね？　盗作と言われたわけではないですよね？」

美学研究棟の黒猫の個人研究室は、エアコンがほどよく効いてきて、夏を憎む要素の一切が消し去られていた。

戸影がここを訪れるのは本当に久しぶりだった。

研究に打ち込む黒猫の背後にある椅子に腰かけると、戸影は画集をパラパラとめくりだした。世界の名画の特集を毎月組む雑誌の編集になって以来、学生のとき以上に美学的な悩みが増えてしまった。そして、そんな悩みに答えを与えられる人物がいるとすれば、それは目の前にいるこの黒いスーツの男以外にはあり得なかった。だから、沈黙に耐えた。

やがて、キーボードを打つ音が止まった。

「盗作とはさすがに思われていないよ」

振り返ることもなく、黒猫はそう返した。

「生々しくて卑猥だったというのはあると思うけどね、それよりも当時は古典的名画の構図を用いてその時代の娼婦を描いたことが、アカデミーが長年築いてきた絵画史への冒瀆《ぼうとく》だと取られたわけだ。要するに、悪質なパロディであると思われたわけだね」

「そっちが問題だったんですね……。いまの美術史におけるマネの扱いからは想像もできないっすねぇ」

「いつの時代だってそうさ。価値の体系はつねに更新される。だから、百年後の美術史がどうなっているかなんて誰にもわからない。たとえば、最近はSNSでたびたび盗作騒動が持ち上がるけれど、〈オリジナル〉の概念が更新されれば、昨今炎上の的となっている盗作疑惑作品が美術史の教科書に載っていたりするかもしれない」

「ああ……そうか。そういうことも、あるのかもしれないわけですか……」

びっくりした。まさにこれから切り出そうとしている案件に関わる方向へと話が進み始めたからだ。

「なぜ急にそんな話を？」

「んん、いや、いま黒猫先生が言ったとおり、最近はほら、なんでも盗作疑惑が浮上するじゃないですか。でも盗作か意図的な流用かって、けっこう見分けが難しくて……だけど世間はその難しさとかあんまり考えずに断罪に走る傾向があるなぁと思いまして」

「なるほど。つまり君は〈盗作＝アプロプリエーション〉の線引きの話をしたいわけだ。であれば、さっきのマネの《オランピア》は当時も今も〈アプロプリエーション〉の文脈では語られていないだろう。さっきも言ったとおり悪質なパロディと見られた」

「そこですよ。そこがまた難しいなぁって。アプロプリエーションとパロディ、コラージュ、レディメイド、あと最近でいえばオマージュって言葉もよく聞きますけど、その区別はそれほど厳密なものなんでしょうかね？」

「いや、厳密ではないね。観念上の話だから。創作者の作成意図がすべてというわけでもない。いくら創作者がパロディですと主張しても、周囲が盗作だと怒るケースはあろうし、では周囲の大多数が盗作といえば盗作なのかというと、そうとも限らない」

　そこで黒猫は言葉を切って、時計に目をやった。

「もっとこの話を続けたいところではあるが――僕はあと十五分もしたら講義に向かわなければならないし、君は勤務中に抜け出してここにいる。ちがうかな？」

「いや、まったくそのとおりです」

　そう言いかけたとき、ドアをノックする音がした。戸影は立ち上がり、ドアを開けた。相手は黒猫が応接するはずが戸影が出てきて驚いているようだった。

　その女性とばったり遭遇できないか、というのは、じつは今回ここを訪れた副次的な理由だった。ところが、彼女は戸影を見ても誰なのかわかっていないようで、曖昧な会釈をしてきた。だから改まってこうあいさつをした。

「ご無沙汰しております、先輩」

4

黒猫と同学年で、かつては黒猫の〈付き人〉と呼ばれてもいた女性。大学院時代の戸影にとって、これ以上ないほど特別な人物だった。彼女と話せた日は、一日が楽しく、重力さえ軽くなったような気がしたものだった。

「え……と……かげ……クン？」

彼女は声からようやく戸影を認識できたようだった。

その様子を察して、黒猫が笑いながら言った。

「ふふふ、注文したのとちがう料理が出てきてしまったかな？　べつのテーブルに回してもらうかい？」

「ひどいなぁ、ひどすぎる、先輩。泣きますよ」

戸影は眼鏡をはずし、髪の形を手で崩してみせた。

「あ！　戸影クン！　久しぶり！」

眼鏡の印象もさることながら、前髪があるかないかだけで認識されづらくなるものらしい。

「ごめんなさい、あんまりイメージが違いすぎてたから」

戸影は笑った。しぜんと笑みがこぼれたのだ。自分のミスに頬を赤くする先輩を見るうちに、あの頃の自分の浮足立った気分がよみがえった気がした。

「いや、いいんです。先輩らしくて」

「元気してた？　心配してたのよ、会社員だなんてやっていけるのかなって。たしか潮竜社だったよね？」

希望通り編集の仕事につけた、とはしゃいで先輩に報告したことを昨日のように思い出す。なるほど、たった一年で自分はずいぶん遠くまで来てしまったのだ。あのときは、先輩に研究を続けなさいと引き止めてほしい気持ちも少しはあった。

でも、彼女はそんなことは言わなかった。ただあなたの決めた道をまっすぐに進めばいいのよと、思い切り背中を押してくれたのだった。今となれば、そのときの言葉に感謝してもいた。

「じつは俺、いまは〈芸術潮竜〉という雑誌の部署にいます」

「すごい。あの〈芸術潮竜〉に？　毎月じゃないけど、けっこう買って読んでるよ」

先鋭的な芸術総合誌で、古典芸術からアニメやゲームまで幅広く特集を組む柔軟性が評価されてもいる。学者同士の対談も誌面で行われることがよくあり、過去には黒猫も数度登場している。

「本当ですか？　わあ、うれしいなぁ」

「今日はどうしたの？　久々の冷やかし？」

「じつは、ちょっとご相談がありまして……」

率直に水を向けてくれる人が現れてよかった。戸影は胸をなでおろしながら、〈芸術潮竜〉の最新号を取り出した。

「この絵を描いた方、網野美亜さんという画家なんですが、ご存じですか？」

先輩は首をかしげていたが、黒猫は即答した。

「網野美亜、日展に三度入選。写真のようにリアルな画風と、ポップアートを踏まえた挑発的なアイデアを融合させた絵画で知られている。ある意味では現代を代表するアーティストと言えるかもしれない」

「いやぁ、黒猫先生が美亜さんをそんなふうに褒めてくれるなんて、うれしいなぁ……」

思わず本心がぽろりと口から出てしまった。網野美亜のことを褒められることがこんなに嬉しいというのは、戸影自身予想しなかったことだった。戸影は美亜の芸術性に肩入れしている。それは編集部内でも指摘されている。けれど、本当はそれだけではない自分に気づいてもいた。

先輩は早速スマホで〈網野美亜〉と検索をかけたらしく「わあ、すごいきれいな人」と感嘆の声を上げた。

「いやあ、それほどでも……」

戸影が照れて答えると、

「なんで君が謙遜するのよ？」

「ええと、その……何となく」

「それで？　この絵が、どうしたの？」

「じつは、もう一つ見ていただきたいものが……これです」

戸影が取り出したのは、スマホの画像だった。そこには、この絵とまったく同じ構図の写真があった。描かれている女性とそっくり。ふつうの絵画なら、モデルが一致しているかどうかは曖昧になりそうだが、彼女の絵の場合、極限までリアルに近づける画風のため、その複写ぶりが鮮明になっている。

「これって……最近の言葉でいうといわゆる〈トレパク〉?」

「じつは、世間ではそういう疑いが広まって、大バッシングが起こってるんです。担当は俺なので、もう頭を抱えてしまって……美亜さんはこの写真のモデルのネルさんのことは知らないって言い張ってるんですけど、この構図の酷似ではさすがに無理がありますよね」

すると、黒猫がようやくノートパソコンから手を離して椅子を回転させ、戸影のほうを向いた。

人の心の襞までを一瞬で捉えそうな怜悧な眼差しが、戸影を見据えた。

「なるほど、それで君はさっきから盗作の話をしきりに僕に振っていたわけか」

「いや、むしろこういう悩みを抱えてるせいで、選ぶ話題がしぜんと盗作の話になってしまったんですよ。狙ってたわけでは……」

「どっちでもいいさ。詳細を教えてくれ」

促され、戸影はことのいきさつをつぶさに語り始めた。

「……しかも、昨日、ついに美亜さんは自分のSNSアカウントから、俺にも言っていたトレースだったら何が悪いのかっていう理論を発信してしまって……。火に油を注ぐ形になっていますね。あれはやめるべきでした……」

網野美亜は、言われてただ黙っているタイプではない。そんな勝気なところを、日頃は戸影も気に入っていた。日和《ひよ》らずに自分の意見を通せる芯の強さに、かつて先輩に惹かれたように惹かれている自分がいた。

だが、今回の件は悩ましかった。これまでのように「勝気」では済ませられない。状況的な判断ができないというのは致命的かもしれない。

「なるほど。いかにも、現代人が好きそうな炎上の種ね。実際のところはどうなの？」

「本人はトレースではないと主張しています」

「じゃあ、それを信じるしかないんじゃない？」

「でも、それじゃあ世間が納得しないんですよ。編集長も今のままだと雑誌を回収せざるを得ないかもしれない、大赤字になるぞ、と。それで、俺、口から出まかせで言ってしまったんです。黒猫先生と自分はかなり親しいので、今回の問題について、Ｗｅｂ上で美亜先生と直接対談をしていただきますって」

「僕に？」黒猫は片眉だけ持ち上げてみせた。「かなり親しい、か」

「ごめんなさい！　つい、成り行きで……！」

「まあいいさ。べつに親しくないわけでもないからね。君の論文のロジックの穴なら何度も指摘した間柄だ。それに、〈芸術潮竜〉には僕も何度かお世話になっている。対談を快く受ける――と言いたいが、しょうじきなところ、僕は断りたいな」

「え、どうしてですか！」

「意味があると思えないからさ。その企画が。僕と対談させて納得するくらいなら、世間は世間じゃない」

「そ……そんな……そこを何とかお願いできませんか？」

「この案件は、それほど容易《たやす》くないよ。そういう気がするんだ」

「擁護していただかなくてもいいんです。ただ、トレースの問題に関しては、我々のほうでもきちんとした回答をもっているわけじゃないんです。法律上の問題なら、ある程度の結論は出ているかもしれませんし、実際ＳＮＳで非難を集めているのもそこの部分ですが、芸術上では何がどう問題なのか、いまひとつはっきりわからないんです。ですから、この際、大っぴらにその点について議論していただくのがいいのではないか、と」

　黒猫は一度くるりと椅子を回転させてパソコンのほうを向き、印刷ボタンを押してから再度椅子を回転させて、戸影のほうを見やり、ゆっくり指でピストルを作って片目を閉じてみせた。

「それで？　戸影、君は他者の手による作品のトレースが芸術上の害悪だと思うのか？」

「ああ……ええとそれは……一概には言えませんが、今回のような平面作品であれば、モチーフの選択や配置でほぼ決まってしまっている。それはさすがにまずいのでは、という気がします」

「それは、芸術上の問題として言っているのかな？」

「そうですね。これは以前、黒猫先生の講義で聞きかじった理論にもつながる話ですが、模倣とコピーは違うじゃないですか。ある芸術のスタイルや技術、内奥のテーマを習得するために、自らの目と手を駆使して模倣するのであれば、それは芸術的に価値を生みます。でも、単に結果が似ていればいいというのであれば、それはコピーですよね」

「なるほど。君は現状、その画家が分が悪いと感じているわけだ。しかしね、戸影、その認識ではいささか不十分すぎるよ」

　それから、不意に黒猫は先輩に話を振った。

「君もそう思うか？」

「いくつかの補足が必要なのは確かかね。少なくとも、戸影クンの認識をもとに、モチーフの選択、配置を理由に断罪することは難しい」

　黒猫は、先輩の発言に満足げにうなずいた。

　先輩はなおも続けた。

「それに、もう一つ気になることが。なぜ美亜さんはトレースは悪くないって主張と、ネルというモデルを知らないって主張を同時にする必要があるの？」

5

「え、どういうことですか？」

戸影は先輩の疑問をうまく共有できなかった。トレースは悪くないと考えることと、ネルを知らないと主張することは、なぜ同時であってはならないのだろうか？

「同感だね」と黒猫が頷いた。「美亜さんがどういう気持ちからそう言ったのかはわからないけどね。彼女は必要のない言い訳をしている、とも言える」

「そう」と先輩が後を引き取った。「トレースは悪くない、と主張するなら、美亜さんはネルを知っていて、かつ、トレースしている自覚があると思うの。もちろん、そうでなくてもトレースを擁護したっていいけれど、擁護するタイミングがこの瞬間である意味はない」

「むしろタイミングでいえば最悪の部類だろう。ネルを知らない、ということはトレースはしていないという主張になる。であれば、まずトレースのよしあしについて語るべきではない」

「そうね。しかも対談より前にSNSで発信してしまっては後戻りが難しい。いまの時代、ネットでの発信は簡単にできるけれど、発言の撤回はなかなか無理よね。いくら削除しても、画像として保存されて拡散されてしまうケースは後を絶たないし。歴史修正主義が跋扈《ばっこ》している一方で、近い過去……つまりは歴史化されていない過去はなかなか修正が効かない」

「歴史化されていない過去ほど修正が難しい時代、か。言い得て妙だね。たしかに、歴史化された過去は修正が容易だ。どんな歴史も、ある意味では〈現代〉という観点からつねに見直され編み直されてきている。それも、かなり〈現代〉に都合のいい書きぶりで」

「あ……そうですね……たしかに」

黒猫の指摘で、いくつも浮かんでくる事例がある。

「美術史においても、たとえば伊藤若冲《じゃくちゅう》の現代における立ち位置は明らかに歴史改変だ。しかし、それは歴史の資料を歪めたわけではない。その時代の価値観に基づいて、評価の対象外だった様式や技法に価値を発見していく。そして、発見された価値によって、価値の概念は更新を余儀なくされ、美術史もまた変更される。しかし、現代はいささかその更新速度が気になるところではある。もしかすると、長期的に見たら歴史が修正されることに何の違和感も抱けない世紀に立っていると言えるかもしれないね」

「歴史修正不感症の世紀ってとこですか？」

戸影が思わず口にした言葉に、黒猫は初めて目を見開いた。

「君は社会経験を経て、キャッチーなフレーズを見つけだせるようになったようだね」

思いがけず褒められて、戸影はその反応に動揺した。

「え、いや、そうですかね、ありがとうございます……」

「じつのところ、トレースの考え方というのも、時代の文脈で変化する歴史修正主義的側面のあるトピックなんだ。時代によっては禁忌だが、歴史を振り返ればさまざまな場面でトレースは存在していた。ただ、かつてはトレースには時間と技術とが要された。フェルメールのカメラ・オブスキュラ然り、ドミニク・アングルの使ったカメラ・ルシダ然り。複写と簡単には言えない苦労もあった。だが今は、トレースを自動でするアプリまである」

「なるほど……トレース作業の簡易化の歴史についてはまったく考えてませんでした。トレースが今以上に一つのカルチャーとなってしまったときには、たしかにもう我々はそれについていちいち議論しなくなるかもしれないですね……」

やはり黒猫のもとを訪ねたのは正しかったのだ、と戸影は思った。少なくとも、こうした観点は、自分一人で一カ月考えたって出てこない。

と、隣を見やると、先輩が何やら一点を見つめてぼんやりしている。何か脳内で高速で思考をめぐらせているときに特有の顔だ。院生時代は、その横顔を見つめている時間が幸福だった。今だって気を抜けばそのときの感情に戻りそうになる。

「せ、先輩？　どうかしました？」

「え、いや……何でもない何でもない」

先輩は慌てて否定したが、何か考え事をしていたのは間違いないだろう。すると、黒猫が不意にこう言ったのだった。

「『息の喪失』……かな？」

「……どうしてそれを？」

それこそ、息を喪失しそうなほどに先輩は驚いているように見えた。

「いま君は、この話題から関連のある小説について考えをめぐらせた。ただし、それがなぜ浮か

早川書房の新刊案内　2023 3

〒101-0046 東京都千代田区神田多町2-2　電話03-3252-31

https://www.hayakawa-online.co.jp　● 表示の価格は税込価格で

(eb) と表記のある作品は電子書籍版も発売。Kindle/楽天 kobo/Reader™ Store ほかにて配

＊発売日は地域によって変わる場合があります。　＊価格は変更になる場合がありま

『楽園とは探偵の不在なり』『恋に至る病』など
いま最も注目される作家、初のSF・奇想小説集

回　樹

斜線堂有紀

何をどうやったら、こんなアイデアが生まれるのか。

真実の愛を証明できる存在をめぐる、ありふれた愛の顛末を描く表題作、骨の表面に文字を刻む技術がもたらす特別な想い「骨刻」、人間の死体が腐らない世界のテロリストに関する証言集「不滅」、百年前の映画への鎮魂歌「ＢＴＴＦ葬送」他、書き下ろし含む全６篇

四六判上製　定価1760円［23日発売］　(eb3月)

第1回「日本の学生が選ぶゴンクール賞」受賞作

うけいれるには

クララ・デュポン＝モノ／松本百合子訳

フランスの地方に暮らす幸せな一家。ある日、第三子が重い障がいを抱えていることが分かった。長男はかいがいしくその子の世話に明け暮れるが、長女は彼の存在に徹底的に反発する。障がいのある子どもが誕生した家族の心の変化を、静謐な筆致で描く感動長篇。

四六判並製　定価1980円［絶賛発売中］　(eb3月)

早川書房の最新刊

3
2023

●表示の価格は税込価格です。
＊価格は変更になる場合があります。
＊発売日は地域によって変わる場合があります。

カフェで、通勤電車で、リビングで。
哲学のエッセンスを「ひとくちサイズ」でつまみ食い！

ひとくち哲学
――134の「よく生きるヒント」

ジョニー・トムソン／石垣賀子訳

eb3月

プラトン、デカルト、ボーヴォワール、構造主義に現象学……一三四の哲学の主要トピックをすべて二〜三ページに凝縮した入門書。人に優しくなれない、ついウソをついてしまう、不公平な世の中に腹が立つ……そんなあなたの悩みを解消するヒントをご賞味あれ！

Ａ５判変型上製　定価２８０５円［23日発売］

大木毅監修・シリーズ〈人間と戦争〉4
監訳・解説：戸高一成（呉市海事歴史科学館〔大和ミュージアム〕館長）

戦艦
――マレー沖海戦

マーティン・ミドルブルック＆パトリック・マーニー／内藤一郎訳

eb3月

一九四一年十二月十日、日本海軍航空隊の索敵機は、イギリスの最新鋭戦艦プリンス・オヴ・ウェールズと巡洋戦艦レパルスをマレー沖約五十マイルにて発見した――日英両軍の資料を駆使し世紀の海空戦を克明に再現、海軍戦略を根本的に変えた二艦の最期を鮮やかに描く

四六判上製　定価５７２０円［23日発売］

この美しい湖水地方の農場を、
子供たちに残していけるだろうか

羊飼いの想い

――イギリス湖水地方のこれまでとこれから

ジェイムズ・リーバンクス／濱野大道訳

eb3月

暖かな陽の光、きらめく小川、鮮やかな緑に輝く牧場。持続可能な手法で羊たちを養い、豊かな土地と生活を子供たちへと継承するための方法を、今日も探し続ける。オックスフォード大卒の羊飼いがイギリス湖水地方の理想と現実を描く、『羊飼いの暮らし』続篇。

四六判上製　定価2750円［23日発売］

大学院生の日常を変えたひと夏の恋を見つめる、
ブッカー賞最終候補作

その輝きを僕は知らない

ブランドン・テイラー／関 麻衣子訳

eb3月

名門大学で生物化学の博士課程を目指す院生のウォレスは、南部出身の黒人でゲイ。ある夏、表向きはストレートの白人の同級生との出会いが、彼の中に眠っていた感情、痛み、渇きを呼び起こす。米国のミレニアル世代のリアルな葛藤を描く、ブッカー賞最終候補作

四六判並製　定価3630円［23日発売］

《黒猫》シリーズ3年ぶりの新作

ひと月前に大学へ長期休暇を申請して以来、

んだのか、咄嗟《とっさ》にはわからず、ただタイトルの字面を頭の中で反芻《はんすう》していた。その結果、君自体の息が喪失した」

「お手上げね。なんでもわかってしまう」

なんでも。そう、黒猫は彼女のことは何でもわかってしまう。その点で、結局自分は敵《かな》わないのだ、と戸影は再認識した。大学院を去ることに躊躇しなかった理由も、煎じ詰めればそこにあるような気もする。先輩に相応《ふさわ》しいのは自分ではない。そう気づいたときに、次のステージに向かうことを思いついたのだ。

「エドガー・アラン・ポオの短篇、『息の喪失』は息を失った男が街を彷徨《さまよ》い、死体と間違われて絞首刑に遭うも、最後は自分の息の持ち主から息を取り戻す話だったね」

「うん、すごくおかしな話よ。ポオってときどきああいう何と考えればいいのかよくわからない話を書くのよね」

「けれど、そのよくわからない話を、いまこの文脈で君は思い出した。なぜだろう？」

「もうわかっているでしょ？　つまり、あのテクストでは主人公が生者と死者のあいだを行ったりきたりする。主人公が生きているのか、死んでいるのかが曖昧な状態が持続する」

「そうだね。曖昧な領域の持続。それ自体が、テクストの質量を決定する。美亜というアーティストも、トレースか否かを曖昧にしている節がある。それが結果的に、かえって炎上を煽るようなことになっている」

「問題は、それがわざとなのか、単なる過失なのか、ということね」

そこまで聞いて、ようやく戸影はなぜ二人がこんな話を始めたのかを理解した。先輩は脈絡もなくポオの短篇を思い出したわけではないのだ。あくまで、戸影の話から派生してポオの短篇に思い至ったに過ぎない。

「過失——つまり、思考における選択のミスということだね？　それはどうだろうか。僕はこの網野美亜という画家の作風を知っている。かなり、高度な芸術哲学を内包している。このような画家が、いい加減に矛盾した言動をとるとは考えにくいんだけどね」

「そ……そうなんですよ！」

思わず戸影は大声で参戦してしまった。

「美亜さんは、そんないい加減な人じゃないんです。だから、僕はどうしても彼女を信じたいんです」

すると、初めて黒猫が朗《ほが》らかに微笑んだ。思い返しても、学生時代、院生時代を通して、黒猫が自分に対してこれほど優しい笑みを向けたことはなかった気がする。

「君は今の仕事に命がけなんだね。たいへん結構だ。君は場を変えただけで立派に自らの日常を〈研究〉している。そこに敬意を表したくなったよ。気が変わった。この対談を引き受けてみよう」

「ひ、引き受けていただけるんですか！　ありがとうございます！」

「ただ、はっきりさせておかなければならないことがある。この対談によって、もしかしたら美亜さんにとっても、〈芸術潮竜〉にとってもさらに不都合な展開になる可能性もゼロではない。そこはあらかじめ了承しておいてもらいたい」

不穏な予言だった。けれど、最悪な事態は現在進行形で起こっている。仮に不測の災難が待っているにせよ、そこに黒猫がいるほど頼もしいことなどあるだろうか？

「大丈夫です。何が起ころうと、自分が責任を持ちます！」

威勢よく言った戸影にたいして黒猫は冷めた調子で答えた。

「いや、その言葉は要らないな。会社という組織において、いかなる意味でも、新入社員に取れる責任なんてないよ。それは期待していない」

黒猫は立ち上がり、戸影の肩に手を置いた。

「僕が引き受けたのは、美学を少しばかりかじっている君でさえこの体《てい》たらくだということを理解したからだ。であるならば、当然この対談は必ず誤読される。そこが、大いに楽しみでもある。ワクワクしないか？　大勢の人間が、対談を読んだ挙句、見当違いの意見を言うところを想像すると」

まったくワクワクはしなかった。そんなの怖いだけではないか。戸影はただ「はあ……」と答え、それでも「とにかく引き受けていただいてありがとうございます」と何度も頭を下げた。

「おそらく芸術上の対話を試みた先に、一つの石が取り出されることだろう。その石は、ごく個人的なものかもしれないね。そしてそれについては、Ｗｅｂの対談には載せられないかもしれない」

「え……？」

黒猫はそれだけ言い残すと、次の講義に向かう支度を始めたのだった。

一体、Ｗｅｂに載せられない〈石〉とは何を指しているのだろうか？

6

「こんな対談、本当に必要なんですか？」

美亜は戸影に尋ねた。いま美亜がいるのは潮竜社の最上階にある応接間だった。日頃は代表取締役クラスの人が応接に使う部屋をとくべつに貸切にしているのだとか。

「ええ、やはり、美亜先生の発言がいまSNS上で誤解を招いているのはたしかで、その影響をどうにかするには、弊社としてもこういうけじめの場をつくる必要があると思うんです。浄化作用といいますか」

もっともらしく答えるが、戸影という男にはどうも底の浅いところがあるな、と美亜は以前から思っている。学歴は十分かもしれないが、底の深い浅いというのは学歴とか読書量なんかでは到底補えられるものではないのだ。

「なるほど。雑誌の自己弁明としての対談、ということですね？　ふぅん」

「そうです。もちろん、編集長から社の方針を打ち出すことも考えなかったわけではないんです。でも、そんなことをしてもきっと炎上は収まらない。であれば、むしろトレースという概念自体について、渦中にある美亜先生と、誰からも文句が出ようがない現代の知性の象徴のような人に議論していただき、文化の扉を開いたほうがいいと考えました」

「うまいことを言うのね。文化の扉を開く、とは。単に潮竜さんが怖気《おじけ》づいただけのようにも見えるけど」

戸影は弱々しく笑った。

やがて、本日の対談相手が入ってきた。その黒いスーツを着た男は、よくテレビで観るシニカルな笑みを浮かべている。こんなにつまらなそうに笑う男を、美亜はあまり見たことがなかった。男は一刻も早く帰宅して金魚の世話をしたそうにすら見えた。金魚を飼っているかどうかは知らないけれど。

「はじめまして」

男が伏し目がちのままでそう言った。その苦虫をかみつぶしたような様子から、彼が決してこの対談を楽しむ気持ちではいないことは明らかだった。

「私のほうは初めてとは思えないですねぇ。あなたの番組は何度か拝見したことがあるので」

対談の相手が黒猫と聞いたときは、しょうじき驚いたものだった。と、同時に、ことは簡単には終わらないかもしれない、とも覚悟したのだった。その分析眼には、画面越しではあってもさんざん驚かされてきている。

「そうですか。まあ、あれは余技なので、あまり意味はないですが」

気分を害しただろうか。一瞬、心配になってこの男の表情の奥を読むが、彼はそれを拒むように目を閉じた。

それから——不意に目を開く。強い目。唐突に真剣を喉元に突きつけるような鋭い眼光だった。さっきまで自分のほうが先んじて刀の鞘に手をかけていたはずが、一気に間合いを詰められている。

「……ええと、なんとお呼びしましょうかねぇ？」

「黒猫で結構です。おそらく、〈芸術潮竜〉の読者の多くもそのほうが僕を認知しやすいでしょうし」

この対談はＷｅｂで先行公開された後、来月の〈芸術潮竜〉にも採録されるらしい。

「わかりました。黒猫さん、さっそくよろしくお願いしますね」

二人は腰かけた。

戸影が飲み物を用意した。だが、それに手を伸ばす間もなく、黒猫が口火を切った。

「今日はトレースを話題にしてくれ、と編集の戸影クンに言われてきました。お噂によれば、今月号の表紙に美亜さんがお描きになられた作品に、トレース疑惑が上がっているとか？」

ここまで明《あ》け透《す》けに話を切り出されるとは思わなかった。たしかに、そもそもはこの話題を芸術の観点から掘り下げてほしいと依頼されてはいたけれど、それにしても早い。戸影が慌て気味にスマホで録音を開始した。

「ええ、そのとおりです。じつにくだらないトピックですよねぇ」

「と仰ると、実際にはトレースではない？」

「ちがいますねぇ」

「しかし単に否定していれば、ここまで炎上はしていない。美亜さんが、SNS上で『トレースの何がいけないのかよくわからない。トレースはべつに問題ないと思う』と発言したことが火に油を注いだのでは、と」

すでにSNSでの動きまでチェックされていたようだ。だが、それ自体は想定内でもある。慌てず、一つ一つ丁寧に処理していくしかない。

「ええ、そうですねぇ。そういう意味では、私もなんだか最初の対処法を間違えてしまった気がしますねぇ。今となっては、もう後の祭りですけれど」

美亜は笑った。それから、急に喉が渇いて用意された珈琲を飲んだ。予想以上に切り込みが早かったせいだ。炎上の原因を早い段階で特定にかかってきたのには驚いた。

あくまで芸術上、トレースがどのように問題か、という議論を進めるのだと思っていたのに、この男はSNS上での発言が炎上に拍車をかけた点に言及してきた。わずかにスタート地点をずらされた感が拭えない。見えない形で、いつの間にか黒猫の優位な態勢にされている。

まずい、という焦りが顔に出ていないことを確かめたかったが、この応接間のどこにも鏡はなかった。

「対処法を間違えた、と仰いましたね？　つまり、うっかりした発言だったということでしょうか？」

「そうですね。でも本音の発言ではありますねぇ。トレースの何が悪いのかなぁって。ただ、物事にはタイミングがある。あのときに言ったら、世間は私が自分の作品を正当化しようとしている、というふうにとりますよねぇ、そこは反省です」

自分の過ちを認めつつ、決して否定的な言葉を言わずマイナスを少なくして終える。美亜は自分の話法が今のところうまくいっていることに内心で安堵していた。前の晩は、この対談のことを考え出すと憂鬱で眠れなかったほどだったのだから。

「でも発信したときには、そこまで考えていなかったということですね？」

「ええ。つぶやきって日頃思っていることをフランクに発信するものだと思っていたから。お腹がすいた、とか、あのスキャンダルはどうなの、とか。その延長で言ってしまったのね。それにしても順序が違った、と今ではわかるけれど」

「なるほど」

美亜には人間の「なるほど」の温度がわかる。少なからず、ある程度の歳月を生きてきた人間であれば、みんなわかるはずだ。そして、黒猫の発した「なるほど」は一パーセントも納得していない場合に発せられる「なるほど」だった。

そのことが、美亜を余計に緊張させた。この男は、もしかしたら何もかも見抜いているのではないか、という疑心暗鬼に駆られそうになる。

落ち着きなさい、美亜、そんなことわかりっこないんだから。

これほどまでに個人的な事象を、どんな知性をもってしても解けるわけがない。

7

沈黙を破ったのは、戸影だった。彼はわざとらしく咳払いをした。

「おほん、ええと、対談の途中すみません、炎上の件はいったんそこまでにしまして、ここからはトレースの概念自体について議論をしてもらってもいいですか？」

それが戸影が自分に出した精一杯の助け舟であろうことは、美亜にもすぐわかった。

黒猫は黙って頷き、「トレースという話題になると」と切り出す。「庭を実際に作ったモネが賞賛対象として挙がります。そのことはご存じですか？」

「ええ、少しだけだけれど」

「モネは絵画を描くために庭を造った。大自然を描くのでは満足できず、人工の楽園を描くことに興味があったからです。そこには、絵画は自然のように、自然は絵画のように、という絵画論へのアンチテーゼもあったでしょうし、美を追求すればこそ、自然のままでは不可能だった。それを実現するために庭園を造らせた。ただし、あれはモネの指導のもととはいえ何人かの庭師が雇われて作っているので、純然たるモネの手によるものというわけでもない」

「そうなんですか？　それは知りませんでしたが」

「いまの時代からだと、どこまでがモネの意図通りで、どこからが庭師に任されたのかわかりません。もしかしたら、我々が考える以上にあの庭は名も知らぬ庭師の創作だという可能性もなくはないですよね」

「そうですね。だとしたら、それは純然たるオリジナルではない、とも言えますね」

「もしもモネと庭師による共作なら、絵画のうち何割かの功績はその庭師に寄与されるべきではないか、ということですね？」

「現代人のロジックに則《のっと》るなら、という話ですね。でも何であれ、そこまでの規模で絵画のために現実の風景を作ったことは、私はすごいと思います」

「たしかに、誰かが作った完成品を無断でコピーする現代の〈トレパク〉に比べれば、明らかに何もかも次元が違う行為であり、〈トレースするならモネくらいの手間暇をかけてやれ〉という主張もわからないではありません」

「そうですね。模倣とコピーのちがい、というのかしらね」

その言葉に、黒猫がにやりと笑った。

「その言葉が、美亜さんから出たことに安心しました」

「……どういうことですか？」

「つまり——あなたが思慮深く、不注意な言動をしでかす人間ではない、ということを証明してくれているように思うのですね」

そう言って黒猫が美亜をじっと見つめたとき、思わずその視線から逃れるように目を窓のほうに向けた。何かが、確実に見抜かれている。そんなはずはない、と思うのに、この男の前に立っていると、その確信が揺らぐ。

大丈夫、大丈夫。

美亜はそう自分に言い聞かせる。

「買いかぶりですよ。でも私もモネは好きなんです。モネが絵画のために庭を造った姿勢は評価に値するし、そういう意味では手間暇をかけない単なるトレースは価値が低いですねぇ。でもそれは……」

「トレースという行為自体の価値にすぎない、ということですよね」

「……ええ、そうです」

この男はこちらの思考を読み切っている。美亜は懸命に優雅な微笑を作り出しながら、しかしもうこれ以上時間に進んでほしくないとすら願い始めていた。できることならば、対談の始まる前に戻りたい、と。だが、それはもちろん、叶うはずのない願いだった。

「そう。トレースは、模倣よりむしろコピーの側にあり、それは従来の芸術的な価値でいえば、下方にある。ただし、それはトレースがその作品の価値を決定しているときに限定される。もっと言えば、作品の価値がトレースではない部分にあるのであれば、その作品は芸術としての価値を持ちうるはずです。そういうことですよね？」

「ええ、そうです、とくに六〇年代以降の芸術は、トレース抜きに成立しえないものは多いはずですけどねぇ。国内の美術でもそうした画家は何人かすぐに浮かびます」

「たしかにコピーを用いて初めて可能となる表現形態もある、ということは明らかです。たとえば、今月号の美亜さんのトレース。あれは、〈SNS向けに写真を発信すべくポーズをとっているどこにでもいそうなモデル〉という記号として登場しています。ある意味では、あの女性の構図自体が何かのトレースであることは、芸術の価値を何ら貶《おとし》めるものではない。あの女性を描いたことに価値があるわけではないからです。

　むしろ革新的なのは、そのシャツに銃弾によると思しき穴が開き血とともに小さな軍人が溢れているというところ。そして、〈らぶ＆ぴーす〉の〈ら〉の字が読めなくなった代わりに、血文字で〈あぐれっし〉とある。つまり〈あぐれっしぶ＆ぴーす〉。これは、武装を積極的平和と言い換えようとする風潮へのアイロニカルな表現となっているわけです。果たしてそのすり替えによって、SNSで自身の写真をアップする〈ふつうの子たち〉の日常は守られるのか。こうした挑発的問いかけこそがこの作品の要《かなめ》になっています」

的確に作品の意図を読み取られていた。それ自体は満足すべき点だった。問題は、ここまで精密に読み解ける者は、べつのある部分についても気づく可能性があるということだが――。

「……ありがとうございます。そうね。そこのところを指摘してくれるようなことがSNSでは皆無なんですよぉ」

「でしょうね。拙速な議論が好きな人が多いですから。最近は、短文では到底伝わるはずのないことを、安易な言葉を用いて歪んだ伝え方をして〈わかりやすい〉という評価や信者を得たい者の数が格段に増えました。かつてそういうのは一般の人間の考えでしたが、いまは文化人、知識人が血相を変えて同じことをしています。だから、名のある識者であってもSNS上では信頼がまったく置けない。これはある意味で文化が喪失されつつある、ということでしょう。誰もが拙速な〈わかりやすさ〉に向けて加速している。

ところで、モネにせよマネにせよ、ゴッホにせよ、十九世紀末にジャポニスムの洗礼を受けた画家たちは、少なくとも浮世絵に関しては当時はまだ西洋においては無名の作者の作品をトレースしているんですよ。ご存じでしたか？」

不意打ちを食らわされ、どう返答するのが正解なのか考えた。

「いえ……知りません」

しょうじきに答えるのが正しいだろう。いつだって正直にまさる正解はないのだから。

「そうですか。たとえば、モネが絵画のために庭を創造した話は先ほどしましたが、その庭は浮世絵に着想を得ています。《太鼓橋》という作品のために作られた橋は、じつは歌川広重の《名所江戸百景　亀戸天神境内《けいだい》》という作品を参考にしていたりします。構図だけでいえば、まさに現代で言うところの〈トレパク〉に当たります。しかし、複写自体が作品の主軸にあるのではなく、主題がジャポニスムの体得にあるならば、それは絵画という創作行為の下準備のための模倣ということになる」

「ジャポニスムは、当時、万博などの影響によってヨーロッパに東洋の文化があふれ、いまの若者の一時的なブームのような感じで、流行を起こしたわけですよね。それによって着物を着る西洋人が現れたり、扇子が流行《はや》ったりといったことが起こった。そう考えると、たしかに模倣とコピーのような形で還元できる話題ですよねぇ」

黒猫がニヤリとした。どうやら、計られているのは自分のようだ、と美亜は理解した。

「そのとおりです。そして、先に挙げた、浮世絵を作中に描くという行為は、まさに模倣とコピーの中間的性質と言えますね。それは単なるコピーでもあるが、同時にそのような精神を体得する、という画家の内面的な行為の一環でもあった」

「つまり、どういうことですか？」

「つまり——トレースの概念は、芸術の世界でも混沌としている。それは百五十年前と今でもさして変わらないと言えるでしょう。ですから、美亜さんの主張は間違っていないわけです。タイミングが最悪だったことを除いては」

「そう言ってもらえるのは、私としてはとてもうれしいですねぇ」

「唯一、僕が気になるのは、あなたはそのようにタイミングを間違える方とは思えない、ということですね。しかし、まあそれは今は問題としないことにしましょう」

背筋を蛇が登っていくような感触があって身を縮めた。この男は、やはり何かを見抜いているのだ。少なくとも、ネットに溢れる正義の愚民や、ここにいる編集者の戸影には、何年かかっても到達できないところに手をかけている。

慎重に進めよう。この対談の時間さえ無事に終えればいい。それだけのこと。

8

「それよりも、もう一つ語りたい議題があります」

「なんでしょう？」

「世間的にはむしろこっちのほうが気になる問題でしょう。すなわち、トレースでないとしたら、なぜ美亜さんの絵は、ネルさんのアップした写真とそっくりな構図になったのか。構図だけならともかく、顔がまさにネルさんそのものと言いたくなるレベルです」

きた。これが一つの大きな山になるだろう、と美亜は覚悟した。間違うことはできない。

戸影が慌てたように言う。

「黒猫先生……炎上の件自体より美学的な議論を……」

「君は何を言ってるんだ？　これは立派な美学的トピックだよ」

黒猫の鋭い切り返しにあって戸影はすぐ言葉をなくしてしまった。美亜は戸影に「大丈夫、黒猫さんが疑問に思うのも当然ですから」と微笑んでみせ、黒猫のほうへ向き直った。

「簡単なことですよ。ありふれたポーズだから似ただけ。顔は――いまの若い子ってメイクが似通っているから、ネルさんに限らず、いろんな女の子の顔が似て見えるんですよぉ。私には高校生くらいの姪っ子がいて、最近メイクがすごいんですけど、SNSを眺めていると『あれ？　これはうちの姪っ子ちゃんかな』なんて思うことがよくあるんです」

「なるほど。顔の一致はメイクの発達した現在ではよくあることであり、構図の一致もよくあるポーズだからだということですか。謎が解けました。ありがとうございます。それじゃあ写真を流用したというわけではないんですね。これで問題がクリアになりました」

思いのほかあっさりと引き下がってくれた。ありがたい、と思う反面、そんなはずはない、とも心のどこかで考える。この男がそんなところで引き下がるとは思えない。

「実際、写真にしろイラストにしろ音楽にしろ文章にしろ、誰もが自由に発信できる時代になってくると、似た既存のものにはしぜんと当たってしまうものかもしれませんね。そして、そのたびに世間は、盗作だの何だのとさまざまな声を上げる。しかし、彼らは声を上げるのに夢中で、本当は何に怒っているのかがあやふやになっているように見えますね」

「それは私も感じます。今回、炎上して、書き込まれた罵詈雑言を読み返してみても、結局この人たちが何をどうしてほしくて怒っているのか今一つわからないところがありますね。単純に私が業界から干されて不幸になると満足なのかな、とか。これではジョージ・オーウェルの描いた憎悪集会みたいなものですよね」

「その側面はあるでしょうね。第一に鬱憤《うっぷん》を晴らしたい。でもただ怒るのでは人間性を疑われるから、できれば正義の名目のもとに思いきり怒りたい、と。しかし、それとはべつで、単純に法律上の問題なのか芸術上の問題なのかがごっちゃになっているところはあるでしょうね。法律上であれば、モチーフやロケーションの選択、構図、アングル、さらには模範にする環境因の有無、こういったものが総合的に判断されます。しかし、芸術上において、たとえば〈トレパク〉という概念がすなわち悪となるか、というのはかなり慎重に慎重を期さなければなりません」

「さっきのマネの浮世絵に対する姿勢のような事例もありますしね」

「ええ、あるいは、一九五〇年代に始まるポップアートの文脈もあります。リチャード・ハミルトンやアンディ・ウォーホルのコラージュは、トレースよりもひどく、印刷物の切り抜きを使ったり商品をそのまま用いたりする。もっと時代を遡れば、マルセル・デュシャンのレディメイドやサルバドール・ダリの作品にもそうした事例がいくつかありますね。それらはある場所や時代において一般的だったイメージを切り離して転用し、再定義するために必要な方法でした。いわば、俗悪なパロディではなく、芸術上における重要な概念の創造を成しえている、と考えることができるわけです」

「そしてそのような手法が溢れた結果、オリジナルとコピー、双方の概念が崩壊していった。それが、この三十年ほどの間に起こった現実ではないかと思いますねぇ」

「その通りです。ですから、あなたがSNS上で発した〈トレースの何がいけないのか〉という点には、ある意味で正当性はあると、僕は考えています。すでに一般化されたイメージの転用による表現、さらにそれを目にした者による二次創作が溢れる世界において、その文脈で自然発生する〈アプロプリエーション〉へことさらに声を上げることのほうがもはや不自然さを感じるほどです。ところで、〈アプロプリエーション〉の概念で一つ重要な事件がありますね」

「アプロプリエーションアートの先駆者、シェリー・レヴィーンの《アフター・ウォーカー・エヴァンス》ですね？」

「よくご存じで」

シェリー・レヴィーンは、一九三六年にウォーカー・エヴァンスが撮影した農婦の写真を再撮影して、一九八一年に作品として発表した。

「有名な作品ですもの。そして、シェリー・レヴィーンによるウォーカー・エヴァンスの作品の再撮は、ポップアートが持ち出した概念上の再定義を、さらに恣意的に推し進めたわけですよね。いわば、ウォーカー・エヴァンスが被写体に持ちえたイメージを共有し、シェリー・レヴィーンと鑑賞者が半ば共犯関係を結ぶような形で、個人的な体験として習得するプロセスがその写真の中にあるわけです」

「ご説明くださってたいへん助かりましたよ。やはり、網野美亜という画家が、僕の思ったとおりの人物だということがこれで完全に証明されたわけですから。そして、そのうえで、あえて断言させてください。美亜さんとネルさんの一件は——やはりトレースです」

完全に油断したタイミングで心臓をひと突きされた気がした。

美亜は唾《つば》を飲み込もうとしたが、飲み込むべき唾は口の中に存在しなかった。

「……何を仰るんですか？　今までの対談の意味がなくなるような発言ですねぇ」

「そうでしょうか？　トレースであることを否定する意味がないと思いませんか？　あなたは被写体を再定義して世に問うた。それでいいではないですか」

「否定する意味がなくとも、それが事実ではないのなら否定しますよ」

「なるほど。事実ではない、と仰るわけですね。よくわかりました。しかし、それは僕の主張とは相反しますね。あの作品は、僕の見たかぎりでは完全にトレースです」

「証拠はどこにあるの？」

「証拠はあなたのこれまで話してくれた内容以外にはありません。あなたは、ネルさんの写真を参照することで、ネルさんという埋もれた美を再定義しようとした」

ああ、と美亜は内心で唸るしかなかった。この男は、これまでの対話のなかで、ひそかに厳密にこちらの動機を測量していたのに違いない。

「想像力がたくましいですねぇ。私とシェリー・レヴィーンを重ねて考えすぎでは？」

「いいえ。偶然として片づけられないポイントがもう一つあるんです」

「……何なの？」

「あなたの描いた女性の着ていた服のデザインです。〈らぶ&ぴーす〉と特殊な乱れた書体で描かれたTシャツ。これは、まだ世に出回っていないんですよ。あれこれ調べてみてわかったのですが、このTシャツはまだシュータケダコレクションというハイブランドのネット販売予定リストにあるだけなんです。ネルさんの場合、モデルだから販促目的で事前にブランド側が寄贈した可能性も考えられますが、それを、あの段階であなたは描いている。そして、SNSで声を上げた〈トシヤ〉というアカウントが指摘した。『着てる服まで全部同じ』と。世に出回っていないTシャツをあなたはどこで目にすることができたのか」

「なるほど。だから私がネルさんの写真をトレースしたというんですね？　私があのTシャツを描いたのには理由がちゃんとあるんですよ。じつはあのTシャツは……」

だが、そこで黒猫が手で制した。

「理由は明らかです。あなたは炎上を狙って起こすために、あのTシャツを描いた。顔やポーズ以外にトレースだと世間が断じる決定的なポイントを作るために」

「炎上を狙って起こした――それはだいぶユニークな発想ですね」

そう言って美亜は鼻を鳴らした。意味のない強がりだと知りながら。

「なかなかそういうことを考えようとする人はいませんよ。メリットがないですもの。自分を好んで不利な立場に追いやることには必然性がないと言えませんかねぇ？」

「通常なら、そうです。でも、目的が常人とちがえば、当然常人の理屈は通じないことになるでしょうね」

美亜は内心の焦りを悟られまいと珈琲を一気に流しこんだ。エアコンのせいだろう、だいぶ珈琲は冷めていて、一気に飲み干すのにも適していた。

「買いかぶりじゃないですかねぇ、私はべつにそんなすごいアレじゃないですよ、アレでは。あはは。美学者さんていうのは考えすぎな生き物なんですね。よくわかりました。楽しい対談でした。じゃあもうそういうことでいいですか？」

美亜は立ち上がった。強制終了で逃げ切るという最後の切り札を使うときがきた。それで済むとも思えないが、もうそれ以外にこの男から逃れる手はないのだ。

「まだ話は終わっていませんよ？」

「戸影クン、この対談、今さらだけど取りやめにできませんかねぇ。私、この美学者さんちょっと苦手かな」

戸影は美亜の言葉に目を泳がせ、頭をぽりぽりと掻いた。

「それは可能ですが……」

「ご安心ください」と黒猫はにこやかに微笑んだ。「けっこうな方が僕のことを苦手ですから、とりたててあなたがおかしいわけではない。ただし、僕を苦手な人には共通項があります。すなわち、僕にアキレス腱を知られてしまった人物――。あなたはもう僕に急所を押さえられてしまった、と白状しているわけですね」

美亜はヒステリックに笑った。自分がこんな嫌な笑い方をすること自体に、半ば驚きながら。

「ずいぶんな自信家ですねぇ、感動しました。私はべつにあなたにアキレス腱を見せたつもりはありませんけれども」

「であれば、もうあと五分ほど席に座られたらいかがですか？　僕もあなたも、今は一つの仕事を成立させるためにここにいます。そのためにスケジュール調整をして、対談に臨んでいます」

「だから私にも努力しろと？」

「いいえ。いまはまだ我々はどちらも仕事の上にいるというだけです」

奇妙なロジックを使う男だ、と美亜は思った。こんな扱いづらい男と話すのは嫌だ、と思う一方で、しかし、どこかでこの男との対話を望んでいる自分もいた。

「……まあいいですよ。あなたが、それを望むのであれば、話すこと自体は、苦痛ですけれど耐えましょう。私にプラスがあるとも思えませんが」

「そうですね。あなたにプラスはないでしょう。そのことは保証しますよ。ただし、マイナスにもならないはずです。その点もまた、保証します。では話の続きを。僕があなたの炎上が狙ったものでは、と考えるようになったのは、一つの疑問が生じたからです。すなわち、美亜さんはなぜこのトレースの件をあえて隠そうとするのか。ネルさんは今回の件で脚光を浴びた。著作権であなたを訴えるつもりもなさそうだ。だったら、素直にトレースしたと言えばいいのに、そうしない理由がわかりませんでした」

「ですから……！　トレースじゃないからです」

美亜はついに声を震わせた。怒りか、恐れか、その両方か、自分でもよくわからなかった。こんな感情に訴えても、この男相手には通用しないことは知っていたのに。だが、いまそれをやめることは、やめないよりも危険なことなのだ。

「さっきも言ったとおり若い子はメイクすればみんな似てますし、たまたま似た顔、同じポーズ、同じ服装に仕上がったんです。それに何よりあのTシャツは……」

だが黒猫はニヤリとする。

「いま同じ服装だと言いましたね。それはどうしてご存じなのですか？」

「……炎上してから確認しましたから。あなたもさっきおっしゃいましたよね」

「いいえ、僕はただ、あなたが描いたTシャツがシュータケダコレクションというハイブランドのネット販売予定リストにあるものだと指摘しただけです。たしかに、〈トシヤ〉というアカウントは言っていますね。『着てる服まで全部同じ』と。でも、僕は先日、ネルさんのアカウントを確かめてみたんですが——服装は、上のTシャツは違いましたね」

「え……？」

不意に、世界からごっそりと音が、色彩が、抜け落ちたような気がした。自分の現在地すらあやふやになりそうだった。ただひたすらに、鼓動の音ばかりが大きく響いた。

「ほんとうにご確認されたのですか？」

「それは……」

「たしかに、あなたが描いた作品には、シュータケダコレクションの最新オリジナルTシャツが描かれている。ところが、ネルさんが投稿したのは、まったくべつのTシャツを着た写真です。なのに、なぜあなたは、彼女が投稿したのが、シュータケダを着た写真だと誤解したのでしょう？」

美亜は耳を疑った。そんなはずはない。自分はたしかにこの目でネルの投稿を見ている。すぐにスマホを取り出して、SNSのネルのページを開いた。そのタイムラインには、記憶にある通り、シュータケダを着た写真が投稿されていた。ただし、その一つ前に、まったく同じ構図で、べつのTシャツを着た写真もあった。

そして、二つの投稿のもう一つの違いに気づいた。シュータケダデザインのTシャツを着ているほうの投稿は、公開が〈一部のフォロワー〉に限定されていた。おそらくは、美亜たった一人に向けての公開設定になっているのに違いない。つまり、この写真は美亜以外誰も目にしていないのだ。

まさか、ちがうTシャツを着た投稿が一つ前にあったとは……。細かな投稿の設定まで確かめなかった自分の甘さが呪われた。

「あなたは、先ほど、Tシャツのデザインやポーズが一致したのはたまたまだ、と言いました。その一方で、ネルのSNSは一度も制作中には見たことがない、炎上後に初めて見た、とも。しかし炎上後に確認したのなら、なぜ同じTシャツだと思ったのか」

「それはSNSで騒がれていたから……それで……」

いけない。これでは、もう逃げられない。

「いいえ。SNSの声を拾うかぎり、Tシャツについて指摘している声は〈トシヤ〉以外には皆無です。ちなみに写真が投稿されたのは、今から十六日前。それに対して、戸影クンに確認したところ、あなたが戸影クンに絵のデータを送ったのは、それより二日遅い十四日前です。たしかにメールの日付だけ見ればあなたの絵の完成が後ですが、制作を始めた日数までカウントすると、あの写真の投稿よりも先に絵が仕上がっていたのでは、と。おそらく絵のラフを描きあげたのは、あの写真が投稿されるよりもずっと前だったのではないでしょうか？　我々はトレース作と元の作を見誤らされていたのです。すなわち、ネルの写真のほうこそが、あなたの絵のトレースだったのです」

言葉がからっぽになった。もう使い切ってしまったのか、この男に封じられたのか。

「あなたはネルさんがモデルとして脚光を浴びるように、事前にネルさんのべつの、ポーズも角度も違う写真を参考に絵を描き、その絵に合わせた服装、ポーズで写真を撮るようにネルさんに投稿日時も指定して、指示を出した」

「会ったことがない相手にそんなこと……」

「できるんですよ、いまの時代なら、むしろ当たり前にできる。人と触れ合うことなく、強い絆を築くことができるのが、SNS中心の現代です。そこでは、一度も会ったことがなくとも人間関係は構築できるんです。あなたは、何らかのきっかけでネルさんとSNS上で関わりをもち、彼女に脚光を集めたいと考えた。それで、服を送りつけ、その服を着て指定のポーズで写真を投稿するように指示を出した」

「馬鹿げてますよ、いくら私が暇人でも……」

だが、黒猫は言葉を止めなかった。

「シュータケダコレクションに問い合わせて確認しました。あのTシャツはあなたの手によるオリジナルだそうですね。あなた自身が作者だから絵画のなかに使用しても著作権的にも問題がないわけです。そしてあなたは、ネルさんの投稿を待ってから、編集者の戸影クンにメールを送った。あくまで、写真が先という印象を世間に持たせる必要があったのでしょう」

言い訳はまだできるかもしれない。

だが――それはしょせん、この男の掌で必死に逃げ回るようなものだ。

「認めていただけますか？　あなたはこの炎上を、狙って起こしたのだ、と」

「……私がそれを認めることに、何か大きな意味はありますか？」

「ないでしょうね。でも、認めないことにも意味はないと思いますよ。真相はどのみち我々の目の前にある」

黒猫はそう言って、美亜をまっすぐ見据えながら、珈琲を飲んだ。

おそらく、彼はいま初めて珈琲に口をつけたのだろう。目をとじ、ゆっくり味わうように口に含むと、言った。

「いかにも薄味のオフィス用珈琲ですが、一つの命題を論じ合って疲れた脳には、これくらいがちょうどいいいかもしれませんね」

9

「……まだ対談の必要がありますか？　戸影クンいったん録音を止めてくれません？」

わかりました、と戸影は録音を止めた。

美亜は頭を抱えた。けれど、もう逃げ出したい気分ではなかった。むしろ、解放感にあふれていた。もういい。すべて終わったのだ。

そして――すべて手の内を読まれるのなら、ほかの誰でもなくこの男であってよかった。

「彼女を有名にしてあげたかった……これでご満足ですか?」

「なかなか捨て身な方法をとられましたね。あなたがネルさんと会ったことがないとすると、なぜそこまで、という気持ちはしょうじき拭えませんが」

その言葉で、今日初めて美亜はこの男より優位に立てた気がした。もう何もかも遅すぎるけれど。

「それは黒猫さん、矛盾ですよ。だってさっきあなたは、SNS上で強い絆を築くこともできる時代だと仰ったじゃないですか」

「ええ、たしかに。それでも、捨て身な覚悟で相手に利をもたらすのは、なかなかできることではない」

「……闇の奥底に沈んでいるときに、手を差し伸べられたご経験は?」

黒猫は黙っていた。あるとも、ないとも言わず、静かに見つめ返した。

そして、ただまっすぐにこう言った。

「つまり、恩返しだったわけですね?」

一を言えば十を悟る男は、卑怯な話法を心得ている。いまも黒猫は自分の心の内は明かさぬまま、美亜の陣地に踏み込んできた。

やはり今日の敗者は自分のようだ。美亜は観念して話し始めた。

「私は、ここ数年スランプに悩まされていたんです。長い長いスランプだった。その間にいくつもの季節がすぎ、貯金は少しずつすり減っていった。このままスランプが続けば、廃業するのは時間の問題でした。それでも私は、どうしてももう一度絵と向き合う気持ちになれずにいたんですよ。

そんな中、SNSでは、仕事の合間に描いた過去の習作なんかをアップしていました。私としては、自分を見つめなおす意味もありました。その一連の絵の投稿は毎日たくさん拡散されたけれど、意外と感想ってもらえないんですよ」

「感想は、やはり必要ですか？」

「やる気が湧くという意味では、そうですね。そんななかで、ネルがわざわざ絵の感想をしたためて郵送してくれた手紙が励みになっていきました。一方で、ネルはモデルとして芽が出ず、実家に戻ろうかとも言い出していた。彼女のために何かできないか、と考えた私は、あの計画を思いつき、別のアカウントから〈トレース疑惑〉を指摘して、炎上の導線を作った――というわけです」

「トシヤというアカウントがそれですね？」

「見抜いていたんですか……」

「炎上の指摘が早すぎたんです。ふつう、芸術系の雑誌の絵と、まだ売れてもいないモデルの写真の類似になんか、気づく人のほうが少ない。最初に指摘したその人物はこの一カ月以内にアカウントを立ち上げていた。しかも、その投稿の前にはほぼ何も投稿していない。あたかもその炎上を起こすためにだけ、どこからともなく現れた使者のようだった。そのうえ、Tシャツはまだ発売前なのにブランドまで特定していた。しかもネルが実際に投稿したのはべつのTシャツを着た写真なのに。だからすぐにわかりました」

「次からはもっとやり方を考えなくちゃ」

笑おうとしたのに、なぜか美亜は泣いていた。

「ちなみに、まことに勝手ながら、対談の前にSNSでネルさんにDMをしまして、なぜ指定されたTシャツを着なかったのか、聞いてみました。彼女はこう答えましたよ。自分にとって神のような存在に送ってもらったTシャツをおいそれと他人に公開したくなかった、と」

ネルなら──あの子なら、たぶんそうなのだろう。着るのは、美亜一人のための投稿にとどめ、あとは箪笥《たんす》の奥にでもしまったのに違いない。

そこを読めなかった自分は、やはりどこか詰めが甘かったのだ。

「馬鹿な子……」

「一つだけ、確認です。トレースは悪くない、と謳ったのはなぜですか?」

「それは当然ですよ。いくら私がトレースじゃないと言ったって、酷似した構図の写真が出回れば、世間は信じません。だから、私は芸術家として、たとえトレースだとしても、だから何なの？　という姿勢を明確にしなければなりませんでした。だってそうしないと……」

「出版社への義理が立たない――ですね？」

「ええ。そのとおりよ」

苦肉の策だった。仕事として受けた以上、出版社に、いやもっと言えば直接依頼をしてくれた新米編集者の戸影に、迷惑はかけられない。たとえ炎上しても、トレース自体が問題ない、と主張できればネルを活かしつつ自分も沈まずに済む。

「まあ、でもその挙句に、舞台裏を当の出版社で明かすことになってしまいました。情けないですねぇ……」

美亜は自嘲気味に笑った。

しばらくして黒猫が尋ねた。

「世間はあなたのトレース、製図法を〈黒〉だと見做《みな》して大騒ぎしている。そこに混じっているごく個人的な石の存在を知らないからです。けれど、これは真っ白なトレースといえるかもしれませんね。ちなみに、この件を公《おおやけ》にする気はないのですね？」

「ええ。でも対談が公になれば……」

すると黒猫はかぶりを振った。

「必要ありません。問題は法律上に限られている。お二人のあいだに合意があるのなら、世間に何か発信する意味はないでしょう」

「ま、待ってくださいよ、黒猫先生」と戸影が慌てた。「で、でもそれでは炎上が収まらないですよ……」

そう嘆く編集者の戸影に黒猫はふふっと笑いかけた。

「戸影、君が全力で守れば、できないことはないはずだよ。何しろ君が惚れ込んだのは彼女の才能ばかりではないはずだからね」

思わぬ言葉に、戸影は顔を真っ赤にし、その熱は美亜の頬にもうつった。まだ何もかも未熟な青年。けれど彼がただならぬ情熱で大きな仕事を振り、窮地にある美亜のそばに今なおいてくれているのは間違いなかった。そのことを、ようやく素直に好ましく受け取れそうな気がした。黒猫は続けた。

「必要なら、今日の対談の前半部分をうまく使いたまえ。炎上に関しては、待てばいい。試しに十日、二十日。いまの時代、その頃にはみんな記憶がないよ。今我々はね、忘却の世紀にいるんだ」

幕間《インタールード》

網野美亜に連絡がついたのは、調査開始から三日後のことだった。

その前の二人が、あまりいい反応ではなかったので、今回も期待していなかった。三日前の晩、夜遅くに平埜玲から連絡があったが、反応はそっけないものだった。

——たしかにぼくは黒猫クンに会ったよ。でもそのことはぼくと黒猫クンの個人的な問題で、君や大学には一ミリも関係がないように思うね。たとえ、黒猫クンがいま連絡がつかないとしても、申し訳ない、ぼくに言えることは何もなさそうだ。

どうにも黒猫に関わる人間はそろいもそろって厄介な人が多い。

それはとどのつまり、黒猫が厄介者だからということなのか。たしかに黒猫は厄介には違いなかった。だから、網野に連絡がついたときは、今度こそと縋《すが》るような気持ちだった。

しかし、網野は開口いちばんこう言った。

「私が黒猫さんの行方を知っていると思ったんですか？　それって面白いですねぇ」

その冷笑交じりの口調から、その前の二人と変わらぬ反応だな、と思った。

「つまり、網野さんは黒猫の現在についてはご存じないということですね？」

「そうですねぇ。まあ、知らない、というのが正解ですかねぇやはり」

もって回った言い方だった。

「立ち入ったことで恐縮ですが、面会にいらした理由をお聞かせ願えますか？」

自分の言い方が苛立っていないという自信はなかった。けれど、こちらは唐草教授に頼まれて黒猫を探している。ただ煙に巻かれて終わるわけにはいかなかった。

「それは、渡したいものがあったからですよ。それと、つかの間の恋人を演じたといいますか、いや変な意味ではなくてですね」

「……つかの間の恋人を演じた？」

「すみません、ちょっと口が滑りましたね。あまりお気になさらずに」

気にするなというのが無理な話だった。不意に、以前検索をかけて見つけた網野の容姿が脳裏に浮かんだ。儚《はかな》い春の夜の夢のように美しい女性だった。そして、もう一つ、渡したいものがあったというのも気にかかる。赤城藍歌も同じようなことを言っていた。

「ちなみに、お渡しになったものとは何ですか？」

「個人情報っていうんですかね。いまの時代、何かと取り扱いが難しいそれです。ご理解ください。ちょっと私、いま締め切りが近いもので」

「……わかりました」

通話後、一日置いたスープを飲んだときのような、かすかなえぐみが舌に残った。トレース騒動はいつの間にか収まっていた。あの対談の効果もあったのか、結果的に網野が社会的に抹殺されるようなこともなかった。

だが、なぜもう一度網野が黒猫とコンタクトをとる必要があったのか。あのときのお礼をしたかったということなのか。それとも——。いつまで経っても霧の中を進むように何も手がかりがつかめずにいた。

気になるのは、赤城藍歌も、網野美亜も、何かを渡すために会ったと言っていること。そして、美亜に至っては、つかの間の恋人を演じた、という謎の手がかりを残した。

何に苛立っていいのかわからず、何とも言えない後味の悪さが尾を引いていた。

彼らは一様に黒猫に会いに行った目的を誤魔化す。何か共通の理由でもあるのだろうか？　彼らは結託しているの？

最後の一人、魚住ゆうにはまだ連絡がとれていない。

インターネットで調べたところ、写真家らしかった。それもかなりその世界では名の知れた人物らしい。この魚住についてだけは、黒猫から一言も話を聞いていなかった。ということは、この一カ月以内に知り合った人物なのかもしれない。

ダメでもともと、と腹をくくり、寝る前にもう一度電話をかけてみた。通算十回目の電話である。これでダメなら、いよいよ諦めなければならないのか。

そう思っていると、呼び出し音が唐突に途切れた。

「はい……もしもし？」

低い声の男性が電話口に出た。事情を説明するあいだ、少なくとも魚住は真摯な態度で相槌を打ってくれた。電話というツールでは、声だけでどれほどの人間性を伝えるかが鍵となる。その点で、魚住はほかの三人よりは電話における伝達能力に長《た》けているようだった。

「なるほど。つまり、黒猫クンは失踪しているわけだね？」

すべてを聞き終えると、彼は考え込むようにそう言った。

「ふむ。だが、だとしても、大人の世界には語れないことが多い。これはその最たるものだ」

「なぜですか？　黒猫に口止めをされている、ということですか？」

魚住は、その問いに対してしばらくの間黙っていた。答えは持っているが、それを伝えるのが妥当なのかどうかを吟味している。そんな感じの沈黙だった。

が、やがて、魚住は言った。

「理由は二つある。第一にこれは非公開のプロジェクトだから。第二に、私の任務はすでに昨日で終わっており、すべてを彼の手に委ねているから。そういうことなんだよ」

「なるほど……教えてはいただけないのですね……」

「申し訳ないが」

「最後に一つ。魚住さんは黒猫とはどういうお知り合いなんですか？」

「なに、彼はちょっとした恩人なのさ。そして、ある意味では同志でもある」

「恩人で、同志……ですか」

「出会ったのは、私がある特別なミッションを果たそうとしていた時のことだ。その現場に、偶然彼は居合わせたんだよ。そして、その偶然は、結果からすれば私にとってまたとない幸福な出会いだったのだ」

第四話　生ける廃墟の死

■ヴァルドマアル氏の病症の真相

The Facts in the Case of M.Valdemar, 1845

臨終にある人間は、果たして催眠術にかかるのか？　この命題に答えを出したい医師の〈私〉は、その条件を叶えられそうな病状の友人、ヴァルドマアル氏に思い当たる。実験台となるよう懇願すると、氏は快諾し、後日、間もなく臨終だから今すぐ来て催眠術をかけるように、との手紙が届く。

〈私〉は、すぐに他の医師も携えて向かい、催眠をかけた。変化があったのは、翌朝の三時頃。ヴァルドマアル氏の顔が白くなりだした。ところが、まだ死んでおらず、その証拠に死んでいるのかと問うと、まだ死にかけているから起こすなと語る。その言葉に従い、死の訪れを待つものの、日の出を迎えても死は訪れぬまま。

だが、直後に死相が姿を現す。臨終か、と〈私〉たちは遺体を片づけようとするのだが――。不気味な余韻を残す後期傑作短篇。

1

世界が崩壊する音を、可視化することに成功したのかもしれない——。

魚住ゆうはつい一時間前、シャッターを切った刹那の出来事を振り返り、そんなことを考えた。

あの瞬間、フラッシュの光と歩調を合わせるようにして、いまいるこの場所は風とともに、白い霧に包まれた。

霧を構成しているのは、木片やコンクリート壁が壊れて発生した白い土埃だ。それらが大気中に舞い、一度は崩壊する風景自体が霧の向こうに消えかけたほどだ。

それから、轟音が漣《さざなみ》のように魚住に襲い掛かり、そのすべてが体じゅうの毛穴から血管の中へと侵入して暴れまわった。

だが、すべては終わったこと。過ぎ去ったこと。

世界は終わり、そしてまたべつの世界が始まる。

「つまりあなたは、ここに撮影をしに来られていた、と」

「はい」

警察の事情聴取に、魚住は淡々と答えた。

「失礼ですが、ご職業は？」

警官は調書にボールペンを走らせながら尋ねる。年齢は五十近い。おそらくこの土地で所帯を持ち、そのまま定年まで異動も経験せずに過ごすのだろう。この土地の平和はすべて彼一人の手にかかっている。そういう土地と不可分になった責任感が、顔じゅうに皺を刻みつけている。

「カメラマンです。写真家とも言いますが」

「何か身分を証明できるものはお持ちですか？」

魚住は携帯していたマイナンバーカードを取り出した。そこには本名が記されている。数年のうちにはこのカードがさまざまな情報と紐づけられるとも聞く。それまでには車の免許でも取って、こんなものは破棄してしまいたい。

「ありがとうございます。確認できました。ご協力に感謝します。一点だけ確認なのですが、べつに建物が崩壊する場面を撮りにきたわけじゃないんですよね？」

魚住は思わずといったふうに笑った。

「まさか。そんなタイミング、私にはわかりませんからね」

「ですよね、失礼しました。ただ、撮影するにはこのあたりは……みすぼらしい建物ばかりなものですから」

なるほど、風景を認識するのはいつでも旅行者だ。そこに住まう者は、土地が体の一部となっているがために、風景を発見することができない。

「あなたにはそう見えるのでしょうね。私からすると、ここらあたりは、撮れ高が高すぎて一日じゅう歩き回って撮影してもまだ足りないくらいのスポットですよ。いわゆる廃墟マニアにとってはたまらない地域なのです」

「廃墟マニア……ああ、それは噂には聞いたことがありますね」

この尾岳ヶ原《おだけがはら》──通称、尾岳──の一帯は、三十年前は温泉観光地で知られていた。それが、バブルの後に地元の銀行が倒産したのをきっかけに旅館の廃業が相次いだ。

宿泊業のような個人事業は基本的には大きな利益にはなりえず、とくに観光主体の場合、シーズン限定でしか稼ぎがない。それが、この地域の寿命を決めてしまった。観光ブームが去れば、年間の生活費を捻出する道はかなり厳しくなる。

もちろん、この地域の温泉旅館のすべてが閉館となったわけではない。一部は今も元気に営業しており、それこそ、廃墟を訪れるマニアのおかげもあって、一時期よりはだいぶ客足は戻ってきたとも聞く。

しかし、それは〈ホテル熱帯夜〉がつぶれた後の話だ。当時、この地域でもっとも栄えていた〈ホテル熱帯夜〉は小さなボタンの掛け違えから、廃業した。その後は、この地で有名な廃墟として、マニアから熱烈な支持を集めるようになった。

廃墟となった理由はいくつかある。

行政がこの土地を買い取ろうとしなかったこと。背後に山があり、解体作業自体が土砂災害を招く恐れがあって、放置せざるを得なかったことなどが挙げられる。

「つまり、あなたは崩壊する場面ではなく、廃墟そのものを撮りたかった、と。はあ、最近は変わった方が多いですからねぇ。わかりました。ご協力に感謝します」

あまりに日常的に〈ご協力に感謝します〉と言い慣れているのだろう。そこには何の感情もなく、言われたほうもどう考えたらいいのかよくわからなかった。

「もしかしてこれは取り調べのようなものなんでしょうか？」

不意に気になって魚住はそう尋ねてみた。自分はいわゆる容疑者になっているのか。

「いえ、そうではありません。形式的なものです。目撃者がお二人いらっしゃいまして、魚住さんが何もされていないことは立証されています」

「二人、というと、あの観光で来られていた方々ですか？」

「ええ、そうですそうです」

観光旅行に来ていた男女が、さきほど聞き込みを受けていたのを魚住は知っている。その二人が、魚住の言動について証言してくれたということだろう。逆を言えば、二人の証言がなければ、警察は魚住を怪しんでいた可能性がゼロではない、ということかもしれない。

たしかに、それなりの事件ではあった。

死者こそ出なかったものの、爆発が起き、建物ひとつが一瞬で崩壊したのだから。

「お二人が言うには、眩しい光の後、爆音がした、と。その認識には間違いありませんか？」

「どうでしたかね……爆音がすごすぎて。たしかに爆発で光った気はしますが、すみません、ちょっと前後の順番までは思い出せません」

「そうですよね、ショッキングな出来事でしたでしょうから。無理もありません」

「あれは事故だったんですかね」

魚住が尋ねると、警官は首をかしげた。

「なんとも言えませんね……もちろん、廃墟の中にも古い配電盤とか、ガスボンベとか、爆発につながるものがないわけではないですから……建物の老朽化もすごいですからね、木造の部分も結構ありますし、そういう部分がたまたま何かの拍子に崩れて爆発を起こした可能性も……。あとは専門家の判断を待つしかないわけですけれど」

歯切れ悪くそう言いながら、警官は書き終えた調書を脇に抱え、ひと心地ついたというふうに大きく息を吐き出した。それから、くたびれた笑顔で敬礼をした。

「とにかく、ご協力に感謝です。失礼します」

警官が行ってしまうと、それと入れ違いで、目撃者のカップルが近寄ってきた。

「いやぁ、衝撃でしたね」

話しかけてきたのは無精ひげを生やした黒縁眼鏡の男性のほうだった。

やけに社交的な様子に、その恋人らしき女のほうはいささか恐縮しているように見えた。

「そうですね。あ、でも、ありがとうございました。証言していただいたようで」

男は大げさに首を横に振ってみせた。

「それは当然ですよ、そちらはお一人ですから、何かと疑われて大変でしょうし」

「助かりましたよ。おかげで、無罪放免です」

「それはよかったです。あ、自己紹介が遅れました。映画監督をしております……」

男が自己紹介をする前に、それを手で制した。

「月野《つきの》朋雄《ともお》さんですよね。すぐわかりますよ。僕は特撮映画の大ファンですから」

特撮ホラー映画の世界で月野朋雄を知らない者はいない。特撮ホラーの脱構築とも呼ばれる斬新な撮影技法によって、低予算でもヒットを生む〈月野マジック〉なる造語までが生まれたくらいだ。

「うれしいなあ。さっきの警官なんて何もわかっていないみたいで、特撮ホラーって言ったら、特別な警察が出てくるホラーですかって尋ねてきたんですから。驚いちゃいましたよ。知らない人ってとことん知らないんですよね」

「むしろそっちが稀少ですよ。月野さんを知らない人のほうが珍しいです」

月野朋雄は手垢のついた特撮ホラーの世界に、もしも現実で起こったら、というシミュレーシヨンを加えてリアルの手ごたえを届けた。モンスターホラーものの常識を刷新するアクチュアルな恐怖を体現した月野は、手放しに讃えられた。

「あ、紹介が遅れました。妻のネムです。音に夢と書いて音夢とよみます。今回は、彼女に私の次回の撮影候補地を見せる狙いがあったんですよ。まだ誰も知らない未来の映画の舞台を見せる——それが新婚旅行の代わりになれば、と」

「新婚旅行なんですか？」

「ええ、もうとっくに籍は入れているんですが。ほら、例のウイルス蔓延《まんえん》のせいで、あれこれ延期を余儀なくされましてね。我々の新婚旅行もその一つです。挙句に国外への旅行はかなり困難になりましたから、それなら今度の撮影候補地に、と。しかし……まったく残念な話です」

月野は肩を落とした。どうやら子どものように感情が明け透《あ》《す》けなところがあるようだ。

「残念？　どういうことです？」

「いや、あのさっき木っ端みじんになってしまったホテル。あそこを次の映画の舞台に、と考えていたんです。不動産関連会社から撮影の許可自体はもらっていたので、あとは企画が通るのを待っている感じでした」

月野が企画を書いたのなら、通らないわけはないだろう。あとはキャスト選びと予算関連くらいだ。月野のパニックホラーなら、きっとさぞ面白い作品になったに違いない。

「彼女も、こんなことになるとは思わなかったからだいぶショックを受けたみたいでね」

そう言って、月野は背後にたたずむ音夢を見やった。音夢ははにかむような笑みを浮かべたが、その手がまだかすかに震えているのがわかった。ポーチにぶら下がった古いアニメの絵がついたキーホルダーが揺れていた。

そして――目のあたりには涙の跡がみえる。

「やはり爆破のショックというのは相当なもので」

「無理もありません。人によっては、ちょっとしたトラウマにもなる、と聞いたことがあります」

「なぜでしょうね。やはり文明の終わりのようなものを感じるんですかねえ」

月野は他人事《ひとごと》のように言った。それはそれで、一つの真理ではあろう、とは魚住も考えた。

「たしかに廃墟をみるとき、ある種の終末を見る興奮と、遺跡を見るときの興奮にどこか近いものは感じますね」

「そう、遺跡ですよ。現在進行形の。こんなワクワクすることはないです。自分の生きた時代の建物が、遺跡へと変貌を遂げようとしている。そりゃあ、ワクワクもするし、爆破されればトラウマにもなるっていうもんですよね」

「そうかもしれませんね」

どこまで共感を示すべきかは迷いどころだった。完全に理解できないわけでもない。だからと言って、乗りに乗って話題についていけるというほどでもなかった。魚住にとって、この問題はそれほど単純ではないのだ。

「いずれにせよ、廃墟マニアにとってたまらない建物。損失は計り知れません」

「まったくですよ」と言って月野は頭を抱えた。「撮影の新しいロケーション、また考えなきゃならないんですから。でも、いやぁ、崩壊の瞬間て美しいもんですね。あれを見られたから、まあ、よかったのかな……うん、そう思うしかないですよね」

曖昧に魚住は笑った。

この純粋な好奇心を主成分とした男に、わずかな好感を持たなかったといったら嘘になる。

深々と頭を下げて歩き出した。

2

廃墟になっている〈ホテル熱帯夜〉のほかにには、いまも営業を続けている旅館がいくつかあった。営業しているかどうかを見分けるには、温泉の煙突から湯気が出ているか否かで見分けるしかない。表面に蔦《つた》が絡みつき、木の柱がシロアリに蝕《むしば》まれていても、温泉が通っているということは、まだ管理する人がいるということでもある。

いまも営業している旅館が廃墟と連なると、不思議とあたかもゾンビ化した建物めいて感じられる瞬間がある。そこに明りが灯り、息をしていることに対しての畏怖の念が浮かぶのだ。だが、それは実際には生と死が混合しているだけなのだ。

　魚住はその光景をカメラに収める。

　廃墟と現役の建物、その両方を無差別に撮影していくことこそが、いまの魚住の狙いだった。今度の個展のテーマは〈生と死〉になる。生のなかには死が含まれている。泥のように、ねっとりとこびりついた死の影が、生を彩ってもいる。

　この土地で、なおも生業を続けようという旅館がある。それも一つや二つではない。それらの業者にとって、朝はまずこの廃墟たちを眺めるところから始まるのだと考えると、なんともいえず背筋の伸びるものがある。

　だが、撮影を続けるうちに、どうしても拭い去れない視線に気づくことになった。いや、むしろ撮影の最初から、この視線を感じていながら、素知らぬふりをしていただけなのだ。

　何回目かのシャッターを切ったあとで、魚住は振り返らずに言った。

「いつまでそうして後を尾《つ》けているつもりかね？」

「おや、すみません。そんなつもりはなかったもので」

　後ろにいる人物は空々しくそう言った。

　振り返ると、黒いスーツを着た男が立っていた。自分より十以上は若そうに見えた。見るからにこの土地の人間ではなさそうだが、黒革のコンパクトな書類用鞄のほかに手荷物はなさそうだった。男は魚住の警戒を解くように笑顔を作ってみせた。

「本当に、べつに尾行しているつもりはないんです。僕は近々映画を作る予定なので、その参考になる建物を探しているんですが……気になる建物をきまってあなたが撮影しているものですから。我々はよほど気が合うのかもしれませんね」

奇妙な男だ、と魚住は思った。ふつうここまで見え透いた嘘をつくのには勇気がいるものだが、この男はむしろそれが嘘だとは少しも自覚していないように見えた。それがかえって真実味を増し、真実も嘘もすべてこの男の領地のような気すらした。

「あるいは、廃墟に対する考え方が、あなたと僕では似ているのかもしれませんね」

「廃墟は、廃墟だよ。それ以上でも以下でもない」

「それはそのとおりですね。廃墟を何かもったいぶった特別なものだと思いたがる輩《やから》が多すぎる。それはまったく僕も思いますね。廃墟はどう考えても買いかぶられていますよ」

「なるほど。どのへんがそう思うのかな？」

「たとえば、さっきまでここにいた月野という映画監督もそうですが、廃墟を〈現在進行形の遺跡〉と表現していましたよね」

「それが何か問題かな？」

「〈現在進行形の遺跡〉という表現は、要するに〈遺跡になりつつある建物〉ということであって、うまく廃墟の実態を捉えているとは言い難いんじゃないかと思うんですよ。それって〈死につつある生者〉と言っているようなものです。むしろ、建物は廃墟となった瞬間に、死んでいるのです。そして、死してなお動く怪物として畏怖し始めているんじゃないでしょうかね」

「死してなお動く怪物——？」

「〈現在進行形の遺跡〉だから恐れるというのとは似て非なるもので、むしろ、死せるものに神経が通っているようで恐ろしいのではないでしょうか。つまり、時間のベクトルが遡及している」

遡及という言葉に、魚住は鳥肌が立つほどしっくりくる感覚をおぼえた。

「……ゾンビ、か」

「そう、〈生きている屍体〉とでもいいましょうか。ただし、その場合、生かされているのは何によってであるのか、というのはよくよく考えねばならないところです」

「何によって？」

「つまり、ゾンビ化するにせよ、その建物が建物以外の意思によって生かされているかに見せかけている何かがあるはずです。それは何でしょうね？」

「……面白いことを考えるね」

この男は、真実か嘘かといった単純な二項対立の世界にはいない何者かだ。そして、その何者かはいまこうして話していながら、少しもそこに本腰を入れているように見えない。何よりそのことがもっとも恐ろしかった。

この男は――底が見えない。

「その点は同意するよ。廃墟は決して静的で何も語らないものではない。おしゃべりだ。〈現在進行形の〉という表現では捉えきれないくらいにね。もっとも、ゾンビがしゃべるかどうかは今の時代、映画監督の解釈一つというところもあるかとは思うがね」

脳裏にいくつかのゾンビ映画が浮かんでは消えた。ゾンビ映画はいまやその数を把握しきれないくらい存在している。そのなかにはゾンビがしゃべるものもある。ただしその数は決して多くはない。理由は単純で、ゾンビがしゃべれば、怖さが半減するからだ。

「そうですね。多くのゾンビ映画では、ゾンビはしゃべりません。しかし、しゃべるゾンビもいることはいる。『バタリアン』もそうですし、最近だと『新感染』のゾンビが雄弁でしたね。ところで、僕はいまゾンビの話をしながら、それとは少しちがう話について考えていました」

厄介な同行者を得てしまった気がした。会話を重ねることが、一見すると自然であるような状況に置かれているが、本来なら無視してしまいたかった。

だが――そうさせない何かが、この男にはある。

「何かね？　その話というのは」

「ポオです。エドガー・アラン・ポオ。彼の短篇の中に、『ヴァルドマアル氏の病症の真相』というのがあって、それを思い出していました」

「その話は読んだことがないな。せいぜい『黒猫』や『黄金虫』を知っているレベルでね」

「なるほど。ここで自己紹介というのも変ですが、僕のあだ名は黒猫と言います、大学で美学をかじっているものです」

そういわれて、初めて男の正体に合点《がてん》がいった。

「君は、あの黒猫か！」

テレビで一度だけ観たことがあった。あとはネットの配信動画でも二、三度。

「恐縮です。おそらく、その黒猫ですね」

そう言って黒猫は笑った。

「どうでしょう、撮影を続けていただきながら、横で僕が『ヴァルドマアル氏の病症の真相』について語っていてもお邪魔にはなりませんか？」

かまわんよ、と魚住は答えた。本当にかまわないのだろうか、と内心で訝《いぶか》りながら。

3

尾岳の町は、入り組んだ細道がそこかしこにある。そしてその道の脇にはさまざまな個性的な商店が並んでいる。営業を続けている店舗と、もう何十年も前に閉店しているであろう屋根すら崩れて鴉《からす》の住処となっている廃墟との併存。それがこの土地の当たり前の風景だった。

町のところどころにある電柱には、龍の尻尾をイメージしたイラストのシールがペタペタと貼ってある。何かのまじないだろうか。

そういった呪術的要素が廃墟を崩壊からどうにかこうにか救っている——ややもすると、そんな錯覚に陥りそうになる。

辛うじて生き残っている店舗に、プレハブの壁の一部が剝がれてフレームがむき出しになっているのがあった。シャッターを切り、データを確かめる。これが廃墟じゃないと言っても誰も信じないだろうというほど、その建物はほぼ廃墟に見えた。

だが、よく見れば、がらんとした広い店内の真ん中に椅子があり、そこに老人が腰かけて通りを眺めていた。最初は置物にみえたその店主がニッと笑い、いらっしゃい、とゆっくり口を動かした。店内はこれといって売り物があるようには見えず、そもそも看板の字は薄れて何も読めなかった。

ところが、次の瞬間、ただごとではない事態が起こった。

「ずっと待っていたよ」

しわがれた声が、語りかけたのだ。そのベクトルは、他でもない魚住たちに向けられていた。

「客足が戻ってきたから。ほら、ケンちゃん、早く店を開けなきゃ」

ある意味では、廃墟が爆破された時よりも、よほど衝撃が走った。見ず知らずの老人が自分に向かって親し気に話しかけている。しかも、話している内容は明らかに自分に向けられるべきではない内容だった。一瞬、自分がどこかべつの世界線に迷い込んだような錯覚を覚えた。ある日、唐突にサバンナから小さな島国の動物園に連れてこられたアフリカゾウは、おそらくはこんな感覚なのではなかろうか。

「店？」

魚住は不安な感情に囚われる。

「旅館だよ、〈ホテル熱帯夜〉、早く店を開けなきゃ、客が逃げちゃうよ。そこのお兄ちゃん、お客さんなんだろ？」

お兄ちゃん、と指さしたのは、黒猫のことだった。

黒猫は静かに頭を下げた。

魚住も頭を下げて店の前を去ろうとした。

「待ってくれよ、ケンちゃん！　銀行が金を貸さなかったからってあきらめることはないんだ！　大丈夫だから！　大丈夫だから！」

完全に記憶が錯綜しているようだ。魚住は背を向けて歩き出す。黒猫も横に並んだ。

「あの店はもうやってないんでしょうね。そして、我々のことも何か誤解しているようだった。認知にゆがみが生じているのでしょう」

認知にゆがみが生じている――それは恐らく間違いなかった。魚住は賛同の意を示すべく頷いてみせた。

「バブル期に一攫千金を夢見た人たちが、会社を辞めてこの土地でさまざまな店を開いた。夏と冬の一時期で一年分の稼ぎをし、あとは遊んで暮らす。そんな夢を見ていた。だが、現実はそう甘くはない。夢破れた後、その世界は荒涼とし、死臭が漂い始める。生と死の境目があやふやになる。さっきの話じゃないが、まさにゾンビさ」

黒猫は魚住の言葉を吟味するようにしばらくのあいだ沈黙していた。が、やがてこう尋ねてきた。

「この土地は初めてではなく？」

「私は廃墟を撮るのが好きでね。尾岳にも何度かは来ている」

「尾岳……ああ、このあたりのことですか。一度来ればじゅうぶん、というのは素人の考えでしょうか？」

「そうだね。建物の老朽化は、一年、二年と経つごとに様変わりする。二度とは同じ表情の写真は撮れないんだよ」

そう言いながら、魚住はまたシャッターを切った。今度は、正真正銘の廃墟だった。屋根のうえにリスが二匹いるのが見えた。石造りの町とは違って、木造の町の廃墟は、穴が開きやすく動物たちの巣窟にもなりやすいのだ。

「経年変化によって価値が生じるという意味では、廃墟は骨董と同じ系統に属するとみることは可能でしょうね。ただし、骨董と決定的にちがうのは、骨董は時間を所有することによって価値を得ますが、廃墟の場合、その時間は現在と切り離されている。廃墟と現在を繋ぎ留めているのは時間ではなく、我々の畏敬の念自体かもしれませんね」

廃墟の本質が、鋭く抉《えぐ》られて、寸分の狂いもなく言語化されたような感じがした。

黒猫は、それから何かを思い出したように、ああ、と一言呟いた。

「そうそう……さっきのポオの話を」

「ああ、そうだったね」

「主人公は、タイトルにもあるとおり、ヴァルドマアル氏です。ヴァルドマアル氏は、語り手である〈私〉の〈臨終にある人間は、催眠術にかかるのか〉という命題のための実験台になることを許諾していました。そんなヴァルドマアル氏がある時、臨終の時が迫っているからすぐに来て催眠術をかけてほしい、と申し出ます。

果たして、実験が始まります。催眠術の効能があったのかどうかは判然としませんが、翌朝の三時頃、ヴァルドマアル氏の顔は白くなっているのに、まだ死んでいなかった。語り手がヴァルドマアル氏に、もう死んでいるのかと問いかけると、何度めかでようやく目覚め、自分は死にかけているから起こすなと語ります。周囲は、まさに臨終なのだ、とじっと待つ。

ところが――日の出になっても、なぜかヴァルドマアル氏は死にません。まだ眠っているのか、との問いかけには相変わらず、まだ眠っている、と答えます。しかし、直後に死相が姿を現す。皮膚は潤いを失いはじめ、ついには死の形相へと変化する――。

だが、遺体を片づけようとした矢先、ヴァルドマアル氏がしゃべろうとする気配がある。語り手は再度問いかけます。眠っているのか、と。すると、今度は眠っていいた、という答えが返ってくる。そして、いまは死んでいる、と」

「つまり、死体が答えたわけだね？」

「ええ。そして、心臓は止まっているのに、しゃべるという状態のまま七カ月が経ってしまうのです」

「つまり、死と生のどちらでもない状態で存在し続けているというわけかね」

「語り手たちも世間もそれを催眠の結果だと考えている。そこで、ヴァルドマアル氏の催眠を解除することにするが――という話ですね。ある意味では数学でいうところの虚数解のような話です。ヴァルドマアル氏は、死でも生でもない状態が保たれている間にだけ存在することができているのです」

「なるほど。意思のあるゾンビ譚の原型ともいえそうだ」

「廃墟もそんなところがありますね。生と死のあいだを漂いながら、ついに目覚めることなく崩壊する」

魚住は、この町を眺めながら、黒猫の残酷な洞察に相槌を打った。

「そうだな。あるいは、この尾岳の町全体が、そんな生きた屍《しかばね》かもしれない」

4

「ところで、先ほどからあなたが町の風景を撮られている姿をずっと横で拝見していて、いろいろと参考にさせていただきました」

「ほう、君もカメラをやるのか？　そういえば、近々映画を作るという話だったね」

最近はスマホにかなりよい編集機能がついている。カメラの精度も上がったから素人でもそれなりの写真が撮れるようになり、カメラを趣味とする若者も増えている。ＳＮＳにでも写真をアップして共有すれば、承認欲求もある程度満たされやすいのかもしれない。

絵を描くよりは、いくらか簡単なのは確かだ。だが、本当によい写真は、カメラの精度や編集機能でどうにか作り出せるものではない。

「ええ、映画は作る予定ですが、カメラは未経験ですから、恐らく監督は誰かべつで立てることになるでしょうね。ただ、職業柄、創造の現場の成り立ちには非常に興味があるんです。いわばテクネーの問題ですね。テクネー。これは技術を意味するテクニックの語源となった言葉ですが、単なる技術を意味しません。むしろ、素材に潜む力を引き出して使う方法を意味しています。僕はあなたが被写体の潜在性を引き出す瞬間に興味をもっています。いまの時代は、じつに簡単にプロ並みの写真が撮れるといいますが、そこに哲学があるかないかというのが最終的には問題となってきます」

「哲学か。それはずいぶん曖昧とした表現に思えるね」

「平たくいえば、被写体と写真とのあいだに生じる創造的な思想空間のようなもの。そして、その空間は有限性に縛られてもいる。有限性は人間を人間たらしめているものであり、芸術を芸術たらしめているところでもあります。魚住さん、じつは一つ打ち明けねばならないことがあります。もっと早くに話すべきでしたが、じつは僕はずっと前からあなたの写真を知っているんですよ」

「……ほう？　それはそれは。光栄だね」

「我々美学者にとって、魚住ゆうは現代写真のシーンを語るうえで、避けて通れない写真家です。あなたが廃墟を撮ると、どれくらいの歳月でその建物や施設が廃墟となっているかということがどうでもよくなる。すなわち、それが廃墟かどうかを決めているのは、撮影しているあなた自身なのです。それくらい、視線の統制がとれている」

「それは褒めているのかね？」

「ええ。あなたこそが、廃墟を廃墟たらしめている、と言ってもいいでしょう。ところで——先ほどから拝見していて一つ気がついたことがあります。あなたは自然光で撮られる方なんですね」

「ああ、そうだ。そのほうが時の流れに忠実な写真が撮れる。あくまで、私の考えだが」

「なるほど。僕は、月野さんたちが眩しい光の後、爆音がしたと警察官に話していたのを聞いたので、てっきりフラッシュをたかれたのかと思いましたが」

「……気のせいだろう」

魚住は言いながら、とっさに視線をそらした。だが、左手にもったカメラがわずかに震えそうになった。この男は何かに気づいているのだ、という直感が働いた。

黒猫はにっこりと頷きながら続ける。

「いえいえ、僕はさきほどの警察の事情聴取を近くで聞いていましたから、間違いありませんね。あのお二人、とくに映画監督の月野さんは非常に雄弁に当時の状況を語っていました。建物が壊れたのは、まさに眩しい光の後だった、と」

「私がシャッターを切る姿を見たことで見もしない光を感じたんじゃないのかね。実際のところ、カメラとフラッシュはセットで考える無意識がはたらくものさ。私がカメラのシャッターを切った音を聞いたがために、たいてもいないフラッシュを見たような錯覚に陥ってしまったのだね」

黒猫は「それはありそうですね」などと答えながら、自分でもスマホを構えた。

それから、カメラをパシャリと撮った。

「いま、僕がフラッシュをたいたと感じましたか?」

「いや。ふふ、君の言いたいことはわかるぞ。たいてもいないフラッシュを感じることなど人間にはない、と。だが、あのときは特殊な状況だった。何しろ、直後に爆発が起こった。要するに……」

「建物自体が爆発によって光ったわけで、それが爆発より先のように感じられたのではないか、ということですね？　それはたしかに合理的な説明といえます。そういうことはきっと起こり得るでしょう。ああこれですっきりしました。ありがとうございます」

魚住はできるだけ露骨に安堵のため息をつかないように、ゆっくり深呼吸をした。

いつの間にか、二人はもとの場所に戻ってきていた。尾岳ヶ原はわずか二十分で回りきれてしまうほどの面積しかない。町の中でもっとも大きい面積を占めているのが、〈ホテル熱帯夜〉の背後にそびえたつ尾岳山なのだから。

先ほどの警官は、すでに持ち場を離れたようだった。立ち入り禁止のロープはまだ公式のものではなく、現場付近にあるものでとりあえず作られている。おそらくこの辺境の地に、ほかの警察の部隊が駆け付けるのは一時間くらい先のことになるだろう。

どこまで精密な調査をするだろう？　こんな廃墟が一つ倒壊しただけの事件に。たぶん通りいっぺんの形式ばかりの調査で終わる。それですべて終わりだ。あとは、この瓦礫《がれき》の山を業者に手配して処理させ、跡形もなくなる。もともと、取り壊しが困難でそのままになっていただけの建物なのだ。爆破は行政的にも渡りに船といったところだろう。

「それにしても」と黒猫は言った。「不思議です。長らく廃墟として存在していた建物が、なぜ唐突に崩壊したのか。建物にも意思はあるでしょうが、あまりにも行き過ぎた変化があれば、人間の意思が混在している可能性を考えたくなりますね」

魚住はかぶりを振った。いささか神経質に反応しすぎていることは自覚していたが、だからと言って反論しないでいるわけにはいかなかった。

「あの現場にいた我々の誰かが何かをしたと思っているふうに聞こえるね」

「そう聞こえましたか？　僕はただこう言ったのです。人間の意思が混在している可能性がある、と。なにも、あの現場にいた人たちとは限りませんよ」

「……たしかにそうだ」

その時——不意に瓦礫の中に、黒猫は何かを発見したようだった。そして、しゃがみこんでそれを摘み上げた。それから、また少し先の瓦礫の山を器用に飛び越えてからふたたびしゃがみこむ。黒猫がそのたびに手にしているのは、透明な破片だった。

黒猫は取り憑かれでもしたように、何度も同じ動作を繰り返した。六回、七回、八回……まるで魚住の存在をすっかり忘れてしまったみたいだった。

「どうしたのかね？」

「おかしいなぁ……。見てください。プラスティック製の、ペットボトルの破片です」

その破片は、元が円柱状で、よく見る凹凸のあるもので、部分的であってもそれがペットボトルであることは疑いようがないように見えた。

「ホテルの自販機やごみ箱のものじゃないかな」

「そうかもしれませんね。でも、そうじゃないかもしれません」

「……どういうことだ？」

「たしかに建物自体は壊れてしまったわけですが、ご覧ください。たとえばテーブルや椅子、ベッドなどは足が一本折れた程度で形状を維持している。あそこにあるソファもそうですね。表皮が破れて中のスポンジが出てきていますが、それ以上の破損があるわけでもない」

瓦礫の中の一つ一つの家具を見やる。たしかに建物の倒壊による衝撃で潰れた部分はあっても、それ自体のもとのフォルムを想像することは難しくなかった。

「この建物は自然発生的にか人為的にかは置いておくとしても、爆発が起こりました。ただし、その爆心ポイントは、建物の内部ではなく外部だったのではないかと思われます。つまり、一見すると激しい爆発のようで、それは外部から見ていたからではないか、と」

「なるほど……興味深い見解だな。だが、それとペットボトルの破片に何の関係があるのかね？」

「わかりませんか？　ペットボトルは恐らく建物の外部に置かれていたのです。それも一本や二本ではなく、何本も。その事実はたぶん、外部の損壊が激しいことと関連しているはずです」

「……そういうこともあるかもしれないが、それはあくまで素人の意見だろう。鑑識の到着を待たねばそこまでの見解はわからないさ。まあ尾岳みたいな小さな田舎町の騒動にどれほどの人員が投入されるかは未知数だがね」

「おっしゃるとおり鑑識の調査がなければ正確なところはわかりませんね。そして今回の一件で鑑識まで来るかどうかは微妙なところでしょう。現地に駆け付ける警察の人間の判断次第ですが、恐らくは瓦礫処理作業が優先されるはずです。これはもう何十年も使われていない廃墟なわけですから。ですが、僕は個人的にいまとても気になっているんですよ。何しろ、爆心ポイントが建物の外部にあったということは――崩壊は建物自体の意思ではないことを意味しているからです」

5

魚住はゆっくり唾を飲み込んだ。

目の前の男が何を考えているのか。どこまでを理解し、どこまでがまだ彼に見えていないのか。

黒猫は片手をポケットに入れ、瓦礫の中を軽やかに飛びながら入ってゆく。

「あまりこれ以上ここをうろうろしないほうがいいんじゃないかな。現場の保存に問題が出てくるぞ」

脅すような調子になっていなかったか。なるべく理性的に言ったつもりではあるが。

「大丈夫です。ほかのものには手を触れていませんし、足場も選んでいます」

そういう問題ではない――。

だが、それ以上この男を制止する言葉が思いつかなかった。

やがて、黒猫はまた何かを発見したようだった。彼はしゃがみ込むと、それを手にとって、こちらへ掲げて見せた。

それは、破損を免れたペットボトルだった。商品ラベルは剝がされているが、中の液体はまだ入っている。透明の液体だった。

「どうやら爆破を逃れたペットボトルもあるみたいですね」

それから、ふたたび瓦礫を飛び越え、ようやく黒猫は魚住のもとへと戻ってきた。

黒猫はそのペットボトルを地面にまっすぐに置くと、魚住のほうを見てこう言ったのだった。

「ちょっと実験してみたいことがあるので、カメラを貸していただけませんか？」

「……すまないが、これは私の心臓のようなものでね。おいそれと貸すことはできないんだ」

「そうですか。では仕方ない。自分のスマホを使いましょう」

「スマホを……？」

「ちょっと記念撮影するだけです。最近のスマホのカメラ機能はかなり優秀ですよ」

黒猫は独り言を言いながら自分のスマホを操作しはじめた。

「なぜそんなものを撮る？」

苛立っている自分を、もはやどうすることもできなかった。

「いけませんか？　記念撮影をするだけですよ。廃墟も滅多にありませんが、こういった瓦礫を背景に写真を撮る機会はさらにないですからね」

「じゃあ自分の姿でも入れて撮ったらどうかね？　何もそんなどこにでもあるペットボトルでなくても……」

「僕は被写体としての自分にさして興味がないんですよ。でも、このペットボトルの無傷な感じは面白い。すべてが壊れかけた景色の中で、あまつさえわずかな陽光を吸い取って輝こうとしている」

あたかも美学上の動機からの行動のように語っているが、それは建前だろう。魚住にはいまやそうとしか思えなかった。この男はもうとっくに真相に到達しているくせに、こっちを弄《もてあそ》ぼうとしている。

「好きにしたまえ。私は電車の予定もあるから、もう行くよ」

「僕も帰るところですからちょっとお待ちいただけませんか？　そうだ、フラッシュをたかないと……」

「フラッシュだと？」

「ええ。天候がいま一つですからね」

「これくらい陽光が出ていればじゅうぶんだ」

「そうですか？　まあでもせっかくですし、くっきりと被写体を写したいですから」

黒猫はそう言いながらフラッシュのボタンを押し、スマホの位置を調節し始めた。かなりの至近距離だった。ペットボトルと黒猫は五十センチも離れていなかった。

「やめよう、何もそれでなくともべつの被写体が……」

「すぐ済みますから。それでは撮ります。三、二……」

咄嗟に――体が動いていた。黒猫の脇腹から腕を入れ、押し倒した。黒猫は驚異的な反射神経で受身をとりつつ、覆いかぶさった魚住に声をかけた。

「どうかされましたか？」

「……すまない」

さまざまな言い訳が浮かんだが、そのどれもが苦しかった。体が動いた。この男を被写体から遠ざけねば、という意識が働いてしまったのだ。

「お気になさらずに」

魚住が先に立ち上がり、手を差し出すと、黒猫はその手につかまって身を起こした。それからスーツについた砂埃を払い、ペットボトルに手を伸ばした。

蓋を開ける。

そして――中身を飲んだ。

「え……」

言葉を失った。飲んだ？　この男、ペットボトルの中身を飲んだのか？

目を白黒させていると、黒猫がにこやかに言った。

「これはついさっきまで僕の鞄の外ポケットに入っていた、桃の味がするミネラルウォーターです」

蓋を閉める、そのほっそりとした手の中で、ペットボトルがまた、微かに煌《きらめ》いた。

6

「私を試したのか……?」

言ってしまってから、慌てて言葉を飲み込もうとしたが、むろん手遅れだった。その言葉を発することと自体が、ある事実を認めたことになってしまう。

「いいえ。僕は〈爆破を逃れたペットボトル〉とは言いましたが、こ、の、ペ、ッ、ト、ボ、ト、ル、が、建、物、の、と、こ、ろ、に、あ、っ、た、と、は一言も言いませんでしたよ」

見え透いた詭弁《きべん》だった。この男は自分を試したのだ。

そして――その罠にかかってしまった。

魚住は己の負けを自覚したし、黒猫のほうもそれを受け入れた。沈黙のうちにも、それは目を見れば分かった。

「では、ここからする話は、ただの可能性の一つだと思って聞いてください。たとえば――ストロボに反応して爆発するアルコールやガソリン、その他の化学物質のようなものを使えば、あなたは自分が何もしていないという生き証人を得ながら、建物を無事に爆破することもできるわけですよね」

「……そんな仮定の話には答えられないな」

自分が空洞になったような錯覚に、魚住は囚われた。

「あなたはそういった特殊な液体の入ったペットボトルをいくつも建物に仕掛けた」

「根拠がない」

「根拠はありません。でも、そうでなければ、フラッシュをたいて撮影しようとした僕を押し倒した理由がわからない。あなたはさっき、僕を爆破から遠ざけようとしてくれたんですよね？違いますか？」

「それは……」

己こそがいま廃墟になっているような、そんな気すらした。

言葉はとっくに出て行ってしまい、がらんどうに朽ちた空間があるばかりだ。

「もちろん、すべては仮定の域を出ないし、僕は警察ではありません。ただ、じつはこのペットボトルの問題以外にも、一つずっと気になっていることがあるんですよ。それは、さっきからあなたがこの一帯のことを『尾岳』と呼んでいることです」

魚住は茫洋《ぼうよう》としたまま顔を上げた。

「……どういうことかね？　ここら一帯は尾岳ではないか。もちろん正式名称は尾岳ヶ原だが、一般的には尾岳で知られている。尾岳を尾岳といって何がわるい」

「ええ。たしかに、地元の人はいまでもこの地域を尾岳と呼びます。地元の、年寄りの人たちは。しかし、この廃墟が、廃墟として有名になったのはせいぜいこの十年。ここ一帯は十五年前にはすでに尾岳ヶ原と、尾岳山の反対側の龍ヶ原を合併して〈龍尾町〉という地名に変わっています。町政の借金を減らすために当時この地域で流行ったのが廃置分合です。いわゆる町と町の合流。だから、電柱にもやたらと龍の尻尾のイラストが描かれていました。なのに、廃墟になってからこの土地を訪れるようになったはずのあなたが〈尾岳〉と」

「……土地を訪れる以上、その土地の歴史は調べるからね。この土地は尾岳だ。私のなかでは、そのほうがしっくりくる」

「そう、きっとそうなのです。なぜなら、あなたにとって、ここは廃墟以外の意味があるから。そうでなければ、廃墟マニアが、すすんで破壊行為を行うとは思えない」

その言葉は、それこそ爆発の瞬間にたかれたストロボのように、魚住のぎりぎりに繋ぎ止められていた精神を崩壊させた。

「うう……」

その声が自分の口から洩れていたことに、魚住は驚きを禁じ得なかった。自分の中に住んでいるべつの誰かの声が洩れ出たような気がした。

「僕がずっと気になっていたのは動機でした。あなたがやったのは、まず間違いないと仮定して、しかしあれほど美しい廃墟写真を撮る写真家が、みずからの手で廃墟を壊すような真似をするだろうか？　そこだけがどうにも納得がいきませんでした。だが、ここに廃墟以外の意味があるのであれば、動機として成立しうる」

魚住は観念するように目を閉じた。その瞼《まぶた》の向こう側に、三十年前の光景が広がっていた。

7

三十年前――十歳の魚住は、目を輝かせて車を尾岳へと走らせる両親を、後部シートから見ていた。自分まで興奮した。今日から今までとまったく異なる生活が始まるのだ。

――この大自然が子どもたちの教科書になるんだ。

――でも、事業に失敗したらどうするの？

――そうしたら、戻ればいいさ。東京に。

父、賢治はそう簡単に言ったが、そんな簡単にいくのだろうか、と子ども心に魚住は思っていた。何しろ、東京に実家があるわけではない。両親はどちらも早いうちに親を亡くしており、いざという時に頼れる実家なんて存在しなかった。

――お兄ちゃん……新しいともだちできるかな。

六歳になったばかりの妹は、不安げな様子で窓の外を見ていた。魚住はただその手を握り返すしかなかった。まだはっきりしたことは何一つ言えなかった。不安なのは自分も一緒だったのだ。

巨大な山の前で、父は車を停めた。

――さあ、着いたぞ。今日からここが我が家だ。

大きな建物だった。営業を開始するまでの数日間、そこはお城のようだった。魚住は妹と二人でそこらじゅうを走り回り、かくれんぼをし、宝探しをして回った。

父がロビーに置いたＵＦＯキャッチャーもやり放題だった。父は妹の好きだったキャラクターをその中に混ぜていたので、魚住はよく自分の小遣いを投入してそれを取ってやろうと躍起になったものだった。

最初の三年は、楽しかった。客足もよく、ビジネスとしては順調に進んでいるように見えた。だが、その頃から夫婦喧嘩が増えていった。夜になると銀行員の人が難しい顔で話し合いにくることもあった。

やがて、決定的な出来事が起こる。

母が駆け落ちしたのだ。相手は銀行員の担当の男だった。銀行の金を持ち出したその男と、母親は家を出たのだ。

それでも、父は歯を食いしばった。まだ営業は続けられる。そう信じていた。だが、新たな担当は金を貸し渋った。その頃がちょうど景気の変わり目でもあったのだ。

ほどなく、銀行は倒産した。地方銀行の倒産は、過疎の村では決定的な打撃となる。そもそも全国的に名の知れた都市銀行なんて、その支店自体が存在しないような地域なのだから。

クレジットカード会社も、消費者金融も、しまいには金を貸してくれなくなった。資金繰りの限界は、子どもの目にも明らかだった。

ある晩、父は魚住と妹を部屋に集めて言った。

――もうここはやっていかれない。しばらく、お父さんは金を集めるためにべつのところで働かなくてはならない。ついてはおまえたち、道代おばさんのところで暮らしてくれないか。そのうち、必ず迎えに行くから。

――どうしてお父さんと一緒じゃいけないの？

幼い妹はそう尋ねたが、それに対して父がうまく答えられないことはわかっていた。父は泣いていたが、魚住は泣くことすらできなかった。ただ、妹の腕を握り、それ以上言い募らないようにと、制した。

ずっと後になってから、道代おばさんから聞かされた話だ。

父は、魚住たちを道代おばさんに預けた数日後に、自ら命を絶ったのだという。

そのせいもあったのか、土地は誰の買い手もつかず、行政の区画整理の対象にもならぬまま現在に至っている。

妹も大人になった。

魚住もカメラマンとして改名し、独り立ちして順調に生きてきた。

だが——カメラマンとしての生計を立てられるようになると、なぜか魚住の足は廃墟へと向いた。それがなぜなのか、魚住にもよくわからなかった。とにかく魚住は廃墟の写真を撮り始めた。失われた時間に、秘かに息吹を吹き込むような背徳感を伴う衝動に駆られ、居てもたってもいられず、また次の廃墟を探した。

自分がなかば廃墟に取り憑かれているような気がした。そして、おそらくそれはそのとおりだった。魚住は廃墟に取り憑かれ、廃墟に召喚されたようなものだった。

魚住のレンズが、廃墟に命を与える。それによって、廃墟は死の領域と生の領域のはざまに位置づけられる。カメラが、催眠を仕掛けるのだ。

誰よりも廃墟を欲しているのは魚住だった。魚住は廃墟が〈死〉であることを認めたくなかった。そんなことをしてしまえば、自分たちの幸せな記憶も何もかも、〈死〉のラベルを貼られてしまうからだ。

そして、あるとき意を決して、尾岳に舞い戻った。

子どもの頃、自分たちにはお城にみえた〈ホテル熱帯夜〉は、ひどい廃墟になっていた。それでも、そこにレンズを向けることで、かろうじて催眠をかけたかった。

喪失感と、妄想としか思えぬ再生への期待。この相反するベクトルが同時に魚住を衝き動かし続けた。

また来る。何度でも来るよ。

いつでも魚住はそう言って尾岳を去るのだった。

ところが——決定的な決断を下さねばならない事態が訪れた。

一本の電話が、妹からかかってきた。数年前に恋人ができたと打ち明けられて以来、久々の電話だった。当然、いよいよ結婚の話か、と思った。

しかし、妹の声はほの暗かった。

——お兄ちゃん。困ったことが……。

8

「妹がね——」

おもむろに、魚住はそう語りだした。もうこの黒衣の美学者相手に打ち明けることに、抵抗はなくなっていた。

「映画監督の恋人から、ロケ地に廃墟が必要だという話をされた際に、うっかり実家の写真を見せたというのさ。あくまで、実家であることは伏せてね」

「恋人から？」

「映画はモンスターホラー。恋人の才能は高く評価しているが、自分たちの生家をホラーのイメージにしてしまうわけにはいかない。どうしたらいいのか、と」

「そのとおりのことを、恋人に言って説得すればよかったのでは？」

「それでは、実家だと告白することになる。この土地に住んでいたことすら、妹は言っていなかった」

「でも隠している必要はありません」

「君にはわからないかもしれないが、ここの記憶は、私と妹二人だけのものなんだ。そこに誰も足を踏み入れたりはさせない。その意志は、私も妹も堅かった」

「なるほど。たしかに、家族が〈家族〉でいられた最後の場所。それを誰かに知られるということは、その人物が記憶に土足で踏み込んでくるようなものですね。だから、記憶が廃墟という〈催眠下〉にあるうちに二人で見納め、爆破する――そうお決めになられたのですね？」

妹と婚約者が旅行に行く日に合わせて現地入りし、随所にペットボトルを配置しておいた。中身は塩素と水素の混合ガス。

黒猫が推理したとおり、それがストロボに反応して一気に爆発する。

ストロボをたいた瞬間、魚住はさよなら、と心のなかで唱えた。それはいつかの幸福と、それ以上のつらさと、すべてが絡まり合った生の一部へのさよならだった。

「記憶は建物と結びついている。ならば、その最期に二人で立ち会えば、その記憶をそれぞれの体内に受け継いでいくことができるし、体内にあると信じられるのなら忘れることだって恐れるに足らない。私も妹も、まだまだ働き盛りで、忙しすぎる。いまはまだ虚脱感がぬぐえないが、きっとこの場所が消えたことで、やがては何もかも忘れてしまうだろう。本当は一日も忘れたくないが、忘れずに生きるには——人生は長すぎる」

「なるほど。この町の人は、しかしまだあなたのお父様を覚えておられたようですね。おそらく、似ておられるんですよね？　あなたと」

——ケンちゃん！

そう言われたときは、本当に心臓が止まりそうだった。〈ケンちゃん〉は父がこの町に越してきたときに歓迎の意味で呼ばれるようになった通称だった。

「あれさえなければ、君にバレなかっただろうか？」

「いいえ、僕はストロボの話の段階から妙だなと思っていましたし、もっと言えば、爆発写真を撮り終えた後からのあなたの行動に不自然な点を感じていたんですよ。あなたは、廃墟の爆破を撮影したのに、一度もカメラの中のデータを確かめなかった。カメラマンとしては考えられない。事実、その後は撮影のたびにデータを確認していました」

「……まいったな……」

黒猫は、廃墟の中に壊れたUFOキャッチャーの機械を見つけて近づいた。

「懐かしいぬいぐるみがたくさんありますね。すべて三十年前に流行っていたようなキャラクターです。記念にもって帰ったらいかがですか？」

躊躇した。そのなかの一つを、妹の音夢がむかし好きだったことを思い出した。あの機械の前に張り付き、二人で大はしゃぎしていた。あのときの妹の目の輝きを、まだ覚えていることに驚いた。そういえば、あいつは今日、ポーチにまだあのキャラクターのキーホルダーをつけていた。

「いや、記念にはきっと意味がない。そこには何もないんだ」

黒猫は目を閉じて立ち上がった。

「同感です。過去に誠実になる方法はたった一つ、過去を忘れて生きることです。それでいいのです」

「忘れることが、誠実なのだろうか？」

「記憶を大切にする心理は、自分が忘れたら過去が消える、という恐れに端を発しています。己の記憶と無関係に過去は未来永劫生き続けるのだと信じきることができるのなら、むしろ記憶を大切にすることは永遠への不信に変わる。違いますか？」

「過去は——消えない、か」

崩壊した、がらんどうの心の欠片がすうっと寄り集まり、一つに形作られていくような感覚があった。脳内で石の礫《つぶて》が、互いに形状を探り、もとの状態へと回帰し、建造物となってゆく。そえした。

の中に、入ってゆく父の姿が、母の姿が、妹の姿が、そして自分の姿が、くっきりと見える気さえした。

もしかしたら——もう自分は廃墟を死なせない役割から解放されるのかもしれない。

魚住は、そう思った。

「ありがとう、これで、私も今を生きられる気がするよ」

「それはよかったです。ところで、死せる時間をよみがえらせる写真家は、死せる時間を歩かせる映像が撮れるかもしれないな、と僕は夢想しています。興味はありますか？」

「どうかな。君はつねにそんなことばかり考えて生きているのか？」

「ええ、まあ。他に趣味がないもので」

「駅へ向かいながら、君の話をもう少しゆっくり聞きたいね。できれば、この一件以外のことを」

「もちろん。あなたが退屈でなければ」

魚住は目を閉じた。あのストロボの光がよみがえる。

あのとき、廃墟とともに記憶は死んだのだろう。

そして、過去はとうとう建物から解き放たれて、永遠の輝ける地平を羽ばたき出したのに違いない。

最終話

忘却のメカニズム

■アナベル・リイ

Annabel Lee, 1849

エドガー・アラン・ポオは小説家としてよりも詩人としてのキャリアが長い。そして、ポオの生涯最後の作品もやはり詩篇であった。

内容はとある海辺の王国に住む娘、アナベル・リイと〈僕〉の愛の物語詩。〈僕〉を愛し、愛されることだけを考えているアナベルが、やがて墓に閉じ込められ、二人は引き離される。それでも、空の天使も、海底の魔物も二人を引き裂くことはできないと〈僕〉は謳い、星は見えなくとも、アナベルの瞳の輝きを感じながら、海辺にある彼女の墓のそばに身を横たえる――。

ポオはこの詩を書く二年前に、十一年間連れ添った最愛の妻、ヴァージニアを結核で亡くしている。結婚当時、ヴァージニアは十三歳。亡くなったのは二十四歳だった。その死が「アナベル・リイ」に影響を及ぼしたかどうかは、今もわかっていない。

1

平埜玲に関しては依然として不明なままだった。しかし、他の三名についてははっきりしたこともある。

赤城藍歌、網野美亜は何かを黒猫に渡しており、さらに美亜は「つかの間の恋人を演じ」、魚住ゆうは何らかの非公開プロジェクトに参画している。

しかも、その任務はすでに終わっている。

だが、こう並べてみても、黒猫に近づいた気はまったくしない。むしろその謎は深まりつつあった。

翌日、〈イチケン〉でこちらの報告を聞いた唐草教授は、苦悩に満ちた顔になり、それからすべてを飲み込んだような顔になった。

「四人とも共通の何かに関わっている、ということは考えられないかね？　最近の彼は行動範囲が広い。研究の世界に限らず、何かのプロジェクトのために動いている可能性はありそうだね」

「そうですね。それは私も考えました。ただ、たしかなことはまだ何も」

「ううむ……いずれにせよ、ひとまず学長には正直に状況を説明するしかないな」

「大丈夫でしょうか？」

「わからない。この時期に一ヵ月休んでいること自体を学長は気にかけているからね。挙句、呼び出しにも応じないとなると……私はできるかぎり彼を守りたいが……学長がどう判断するかは読めない」

　これ以上、待ってくださいと言える状況ではないことはわかっていた。だから、黙るしかなかった。

「すまない。君にもつらい思いを……」

「いえ、私は何も……教授、じつは折り入ってお話ししたいことが。来年度のことで」

　それから、伝えるべきことを、言葉を選びつつ、緊張の面持ちで伝えた。

「……そうか。いつ切り出されるのかと思っていたよ。とにかく君の気持ちはわかった」

　噛みしめるようにそう言いながら、唐草教授は〈イチケン〉から出て行った。これでよかったのだろうか。自分にはまだよくわからなかった。ただ、これが確かにこれまでとこれからを分ける境界線になるであろうという予感があるだけだった。

　息抜きに研究室を出て大学のスロープの途中にある石段に腰を下ろし、母に電話をかけた。一年前に、母はふたたび入院した。この半年間は忙しくてたまにしか見舞いに行けなかったが、久々に話すと嬉しそうだった。幸い身体の調子もよく、病状も今は落ち着いているらしい。

「元気でやってるの？　連絡がないから、きっと元気なんだろうとは思っていたけど」

「ごめん。いろいろ忙しくて……」

「その声は、何か悩みがあるわね。でもどうせ私には言えないこと」

「え……」

「子どもの頃からそうよ。台所の脇に立ってじっとして、悩みがあるんだけど、でも絶対にその内容は言い出さない。たぶん、私に言っても仕方ないと思ってるのよね。だけど、一人でいられない気分だからずっと台所の横に立っている。私はそういうときは料理のつまみ食いをさせてあげたりすることしかできなかったけど……今は離れているからつまみ食いもさせてやれないわね」

　その言い方には、二方向のニュアンスが感じられた。一つは、娘を心配する気持ち。もう一つは、味覚を刺激してでも娘に会いたいという気持ち。きっとどちらも本当なのだ。

「そだね……でも大丈夫。ちょっと元気出たよ」

「嘘をおっしゃい。あなたはわかりやすいから。とにかく無理をしないことよ。翼が開かないときは、いつまでもうずくまっていればいいの。そのうちゆっくり開きたくなるときがくるから。それまではじっとしているのがいちばんよ」

　母から黒猫のことだろう、という推測が飛び出さなかったことに、心から感謝していた。母は鋭いところがあるから、たぶんわかっていたはず。けれど、何も言わなかった。

　電話を切ると、その間に灰島から着信があったようだった。かけ直すと、灰島はどこか静かなところで電話をとった。

「通話中に電話をかけてしまったときの私の顔を知っているかね？」

「いえ」

「眉間にこう、縦にしわが刻まれている」

「……母に電話していたんですよ」

　そんなことをわざわざ言う必要はないかと思いつつ教えると、

「そうか、母君は元気かね」

　心なしかわずかに機嫌が直っている気がした。わかりやすい。

「ええ、今にも退院できそうなくらい。それで、何か用でした？」

「新宿に、かなり美味なベトナム料理屋を見つけた。ドーナツ屋にも近い」

「魅力的ですね。それは、もしかして誘っていますか？」

「このところ、元気がないね。黒猫クンの行方について考えている。違うかね？」

「……ええ」

「いまだに何の連絡もないのか？　今日会った学会の人間も心配していた。だが、昨日のテレビの収録には参加していたようだ」

「え……それは本当なんですか？」

「その前の講演会にも登壇している。彼は最低限のところには顔を出しているんだ」

「でも、うちの大学に不義理を」

「もう不要ということじゃないのかな」

「不要？」

「実際のところ、どうかね。大学に所属することで彼自身は恩恵を被《こうむ》っているだろうか？　いまや逆ではないかね？　黒猫クンを擁していることで大学側にメリットはあろうが、黒猫クン自身がその大学にいなければならない必然性はない」

「それでも若き日の黒猫に教授という身分を与えたのは唐草教授で……」

「たしかに、恩を仇《あだ》で返した、ともいえる。だが、どうなんだろうね、彼がそこまでの失礼なことをする男とは思えない。それには何らかの理由があるはずだよ」

　黒猫が礼を失する理由——。

「わかりません。唐草教授との関係は良好だったと思います」

「だろうね。そこには問題はなかったはずだ」

「じゃあ一体……」

「まあとにかく、彼は一人の立派な大人だ。死を希求するタイプでもない。大学が放免するというのなら、仕方ないんじゃないのかな。まあ、そうはならない気がするが」

「なぜ？」

「黒猫クンを手放すことにメリットがないからだね。あるいは、彼のほうでもそれくらいの読みはあるかもしれない。あれはあれで、かなりあざとい男だから」

灰島はそう言って笑った。けれど、そこまでの楽観視はどうしてもできなかった。これまで共に過ごしてきた歳月が、その楽観を許さなかった。これほど長い期間、自分に何も言わずに黒猫が行動したことなどなかったから。

2

それから数日、数週間と、黒猫についての調査が空回りする日々が続いた。

年の瀬も迫り、せわしない日々に埋没するうち、少しずつ黒猫の心配をすることも減っていった。黒猫はテレビの教育番組では相変わらず雄弁に美学について語っていた。そして、学会に論文も寄稿しており、その斬新さがそのたびに話題にもなっていた。

けれど黒猫は、大学界隈には絶対に姿をみせず、こちらの電話に出る気もないようだった。

電話が鳴ったのは、そんなある夜のことだった。

急いで出ると、電話の相手は「やあ」と切り出した。長らく開けられず放置していた蜂蜜の蓋がするりと開いたみたいだった。

「今までどこで何をしていたの？　みんながあなたのことを……」

言葉に棘があるのはわかっていた。その棘が少しばかり冬の冷たさに心細くなっていることも。

「わかってる。お詫びがしたい」

「私じゃなく、まず唐草教授にするべきよ」

「唐草教授とはすでに話している」

「え？」

「もう二ヵ月も前に退職届を書いた。というか、じつは昨年度の一月くらいには辞表を出していたのに、なかなか受理してもらえなかったから、二ヵ月前に再度出したんだ。しかし、教授はどうしても僕に大学に残ってほしいようだった。三回も談話の席を設けて、これ以上は無理だと伝えた。わかっていたと思うんだけどね、唐草教授も」

唐草教授は大事な部分を黙っていた。黒猫がすでに退職届を出していたなんて。そうであれば、黒猫は決して身勝手に行動していたわけではないのか。

「唐草教授の気持ちもわからないではないんだ。できれば何とか僕を大学に繋ぎ止めて、籍だけでも置かせたかったのだろう。だが、僕はいまとにかく思想体系を記述するのに忙しい。一生かかっても書ききれないくらいプロジェクトが控えている。とても学会の付き合いや大学の講義に時間を取られている余裕はないんだよ」

　黒猫を引き留めようとして、唐草教授は休暇という名目にしてこちらに捜索を頼んでいたのだ。それ自体は理解できる。本当のことを言ってほしかった気はするけれど、本当のことを言えば、果たして協力しただろうか？　黒猫の意志を優先していたかもしれない。

　それに、おそらく唐草教授にはべつの狙いもあったのに違いない。

　それは――。

「……だけど、身勝手よ」

「だからお詫びがしたい。映画館に来てくれないか。場所は――」

　黒猫が口にしたのは、九段下にある単館上映の小さな映画館だった。

「今は、とてもあなたと映画を観ようって気分にはなれないんですけど」

「でも君に来てほしい」

「……嫌だと言ったら？」

「待ってるよ。時間は夜十一時」

「レイトショー？」

「本来なら、開いていない時間だ。でも、館主に時間をもらってる」

　映画を観るわけではないということ？　じゃあなぜ映画館なの？

「行かないから」

そう言ったときには、電話は切れていた。

今夜は灰島との先約がある。とりあえず、キャンパスの坂を下りると、門の前でタクシーを拾ってK大学へ向かった。

灰島の研究室を訪ね、ドアをノックすると「入りたまえ」といつも通り、深くよく通る声が言う。ドアを開けるときの手が、いつもより重たかった。アルマーニのスーツに身を包んだいつも通り紳士然とした灰島が、作りたてのハイボールみたいにきりりとした表情で出迎えた。

「あの、いま……」

「黒猫クンから連絡があったわけか？」

灰島に隠し事は難しい。こちらの何気ない動きから、さまざまな情報を読み取ってしまうからだ。

「……はい」

灰島はしばらく黙っていた。だが、やがてゆっくりと言った。

「私との約束はいい。行ってきたまえ。君たちにはどうしても必要な時間のはずだ。彼は君にとって大切な人間だ。ちがうかね？」

「……そうです」

「では行きたまえ。というか、こんなことに私の許可が必要かね？」

それから灰島は文献を五冊ほど束ねた。

「私には明日までの締め切りがあってね。しょうじき君と食事をゆっくり堪能するほどの余裕がなさそうで困っていた。今夜はここでドーナツを相棒にして徹夜することになりそうだ」

灰島はこちらに背を向け、手を振った。行け、ということだろう。

本当にこれでよかったのだろうか。

けれど——婚約から先に話を進めるうえでも、これ以上黒猫との問題を先送りしておくわけにはいかなかった。

3

夜、一度帰って支度をすると、十時に家を出た。

九段下に到着したのは、ぎりぎりの時間だった。息をきらして映画館に飛び込むと、受付の男性がにこやかに中へどうぞ、と案内した。

「すでにお待ちになられています」

通路を歩きながら、呼吸を整えた。ずいぶん長い道のりに感じたが、本当は数メートルだったかもしれない。その間に、さまざまな過去がよみがえった。学生時代、教室で黒猫を見つけたときのこと、最初は気が合わないと感じたこと、そこから少しずつ、本当に少しずつ気持ちの置き場が変わっていったこと、パリからの帰国後、教授になった黒猫の付き人役を任ぜられたときのこと、そこから始まった一年、そのあとふたたびの渡仏――。

そうして、もう一度共に千夜の航路を歩み始めた。

幾千の夜のディストピアを越え、額縁のない白日の迷宮に迷い込みながら――。

その後に、不意に目の前に出現したのは、月面のようでもあり、闇に空いた穴のようでもある不思議な場所だった。〈私〉を証明してくれる〈あなた〉も、〈あなた〉を証明する〈私〉も、どちらの輪郭もくっきりとしたまま、唐突に訪れた境界線。

そこで下した自分たちにとっても思いがけない決断に、決して悔いはない――はずだった。

けれど、今夜自分は、黒猫は、この場所に辿り着いた。

ドアの前に立つ。

映画館特有のずしりと重たいドアを、手前に引いた。

巨大な生き物みたいに空気を吸い込み、映画館はこちらを迎え入れた。

がらんとした客席。その中央に、一人の男がいる。いつも通りの黒いスーツ。少し伸びた髪。左腕で頬杖をつき、まだ何も映っていないスクリーンを眺めている。振り向く気配はない。

ゆっくりその人物のもとまで歩いて行き、声をかけた。

「……当日に言ってきたりして、私に用事が入っていたら、どうするつもりだったの？」

「愚問だね。君は来た。それでじゅうぶんだよ。座ったら？」

視線はまだスクリーンに向けられたままだ。その横顔から、かすかに頬がこけていることがわかった。

「その前に、何か言うことがあるんじゃないの？」

「何もない」

「お詫びがしたいって聞いて来たんですけど」

その言葉は、ひどく乾いていた。

「とにかくまずは座ったらどうかな。間もなく始まる」

「始まる？」

「上映が、始まる」

そう言ったのと、照明が落ちたのは、ほとんど同時だった。

仕方なく、黒猫の隣の席に腰を下ろした。

始まったのは、一本の映画。真っ黒な画面に、最初に現れた白抜きのクレジットは、〈企画　黒猫〉だった。そのあとに、〈監督　魚住ゆう〉の名が現れる。

続いてタイトル。『幻滅』。その文字がやがてモザイク状になり、闇に溶けて消える。

画面が切り替わる。

屋根にできた無数の穴から陽光の差し込む木造の廃墟。ところどころに苔の生えている濃紺の絨毯の敷き詰められた空間の真ん中に、今にも壊れそうなテーブルがあり、その上に絵具のチューブが乱雑に散らばり、薄汚れたパレットは色たちが奔放に混ざり合ってカラフルに汚れていた。

そして、軋《きし》む椅子に腰かけて絵を描く男性。

老俳優、平埜玲だった。

彼は古いイーゼルに立てかけた巨大なガラス板に絵を描き続けている。どこかで観たことがある。ああ、そうだ。これは網野美亜の作風ではないか。

どうやらここは、この老画家のアトリエらしい。

やがて、若い男性が進言する。

「そろそろお食事をとられないと」

「あとでとる」

「朝から何も召し上がっていない」

「あとでとる」

「あとであとでって……いまはもう夜の九時です。あと三時間で今日が終わる。あなたの言う《あと》とはいつですか？」

「あとでとる」

若い男性は頭を抱え、居間に戻る。居間もまた廃墟だ。廃墟の食卓に、彼の家族がいて、すでに食事を前にして待っている。よく見れば皿は空のまま。

フレームしかない窓には一枚の大きな都市の絵が飾られている。東京のスカイツリーを中心とした街並みを正面アングルで捉えた写真を一度切り刻んだものをテープで貼り付けている。コラージュ。窓の外の風景として、継《つ》ぎ接《は》ぎの――つまりは廃墟の――東京が広がっている。

若い男は、かぶりを振りながら食事をはじめる。空の皿を啜《すす》るふりをする。話題はアトリエに籠っている叔父の話。叔父は十年前に〈彼女〉を失って以来、二日に一回くらいしか食事をまともにとらず、ひたすら絵を描きまくっている。

男の妻が、責めるような口調で男に迫る。

「いつまであの人を家に置いておくの？　もう子どもたちも大きくなるし、これからは一人ずつの部屋が必要よ。家を探してもらえないか聞いてくださらない？　手助けならいくらでも私たちで……」

「あとで聞く」

「昨日も、一昨日もそう言ったわ。でもあなたは聞こうとしない」

「あとで聞く」

「いつ？　あなたの言う〈あと〉っていつなの？」

「……あとで聞く」

夫は黙々と食事を続ける。壁には肩を寄せ合う家族の写真。だがそこに写っている家族は目も鼻も口もマスクで隠した異様なもの。

それも――おそらく別人だ。

この家には正式な家族写真がない。そこにあるのは、自分たちではない家族の肖像。そして、彼らの隣で食事をしていると思っていた子どもは、次のカットではマネキンと入れ替わっている。この夫婦もまた、まともではないのだ。

彼らの体にはよく見れば糸がついていて、天井から操られている。

ゆっくりとカメラのアングルが部屋の上空へと移っていく。廃墟の、その先へ。だが、陽光の差していたはずの天井の上は、じつは真っ暗闇。青空もまた継ぎ接ぎの写真で作られたフェイクなのだ。

どこまでも伸びる糸。やがて、その先に糸を括り付けた手板が見えてくる。

「休憩にしよう」

彼らを操っていた人形遣いの男が言う。ここは暑いな、早くビールを持ってきてくれ。彼の妻――これは驚いたことに網野美亜が演じていた。もともとの美貌に化粧の魔力が加わり、一見そこにいる女優と見間違うほどだった。

美亜演じる妻は、ビールを持ってくる。ドールたちの調子はどう？　と尋ねる彼女に、人形遣いは「順調だよ、アナベル」と答える。

アナベル――。

その名に自分が反応しないわけがないことは、黒猫もわかっていたはず。「アナベル・リイ」はポオによる最後の詩篇だ。いつか、黒猫の口からその解体を聞いてみたいと心ひそかに思ってもいた。

「エドガーは絵を描く以外のことは何もしないのね」

アナベルがそう言うのは、操り人形の一つで、アトリエにいる老画家のドールのことだ。彼の名はエドガー……。

「エドガーは十年前に恋人を亡くして以来、こんな調子だ。おかげでラクができる」

しかし、アナベルは気づいている。人形遣いが手を休めているあいだも、エドガーだけは手を休めず自動で動き続けている。だが、それを人形遣いには内緒にしている。

いつくしむような眼からは、アナベルがエドガーを大切な存在と見ていることがわかる。エドガーのガラスのカンバスに絵具が次々と足されていく。

青、赤、緑、黄、紫、黒――。

足されていく色が混ざり合う。その隙間に手を突っ込み、エドガーは色彩の洪水の中に入り込む。そう、絵画の内側へとエドガーはついに入ってしまったのだ。

彼は色が織りなす迷路をさまよい歩く。まるで色彩のメエルシュトレエムに呑まれたみたいだ。

その向こう側には、アナベルがいる。だが、服装も髪型もいまとは違う。純白のドレスを着たアナベルは微笑みながら画家から逃げてゆく。これはさっきの人形遣いの妻のアナベルではない。

同じ演者だけれど、べつの役割を与えられている。

強いていえば――〈彼女〉。

ああ、ガラスのカンバスから生まれた、〈彼女〉。いつぞや黒猫がガラスアーティストに依頼したオブジェが思い出された。エドガーは道の途中で一輪の酔芙蓉《すいふよう》を手にする。

「君なしでは生きられないんだ」とエドガーが叫ぶも、〈彼女〉はそっけない。

花は白から赤に。

「あとでまた」

また赤から白に。信号のように目まぐるしく変わり、やがて足元に落ちる。

花は、踏まれて、押し花に変わり、永遠を手にする。

「僕には今しかないんだ」

「あとでまた」

「それはいつなんだい？」

「あとでまた」

エドガーは〈彼女〉を追いかけてゆく。だが、彼女は色彩の城に囚われている。そこには女王と王がいて、〈彼女〉の純白のドレスは筆に馴染ませた絵具でカラフルに塗り固められてしまう。〈彼女〉は人格まで乗っ取られたのか、もはや視線が重なることはない。視線は重要な記号だ。視線が交わるのは生者の証《あかし》。

その反対は――死。ギリシアの墓碑に刻まれた絵のように、硬質で絶対的な。

「これはおまえの恋人だな？　私を殺して彼女を連れ去るか、今すぐここを去るか、どちらを選ぶのか」

剣を構えた色彩城の王が、画家の前に現れて尋ねる。床には一振りの剣が置かれている。エドガーのために用意された剣だろう。

だが、画家にはこれが元の恋人なのかどうかわからない。視線が合わず、その内面も変わってしまったように感じられる。

「あとで迎えに……」

「どうせ逃げるつもりだろう」

「あとで必ず」

「そんな約束は果たされない」とさらに王が迫る。

「あとで……」

画家は城から逃げ出すが、そこは城のなかの色彩の庭の茂み。分け入って進むうち、腰のあたりまであった色彩は首までの高さに迫り、ついには画家は呑み込まれ、時間の感覚を失っていく。

ふたたびアトリエ。そこに、アナベルの姿がある。いや、服装はそうだが、アナベルなのか〈彼女〉なのか、判然としない。エドガーは彼女の存在に気づかず止まったまま。

隣の部屋の甥夫婦の動きも止まったままだ。

カメラは頭上の糸を辿っていく。上空へ。廃墟の天井の先にあるまがい物の空のさらに上へ。

そこにはビールを飲んで居眠りをしている人形遣いの姿がある。彼は目覚めると、あたりを見回す。それから、下をみて、美しいマリオネットがいることに気づく。彼はそれがアナベルだとも思わずに、無我夢中で糸を操りはじめる。

「美しい。美しい。彼女に歌を歌わせよう。歌え。歌え」

そして、アナベルまたは〈彼女〉が歌いだす。この声は――。

赤城藍歌のそれだ。歌っているのは、ポルトガル語にもラテン語にも聞こえる、あるいはこれは日本語を逆再生したものか。そんなことまで考える。答えは出ない。創造言語というものが浮かぶ。ステファヌ・マラルメは、詩のなかにイジチュールやプティクスといった創造言語を用いた。これもまた、そうした手法だろうか。

やがてアナベルまたは〈彼女〉が歌い終えると、人形遣いは疲れ果てたように椅子に倒れ込む。

「おい、ビール！　ビールを早く」

キッチンに向けて叫ぶ。だが、その部屋には誰もいない。人形遣いのほかは誰も。

この瞬間からそうなったのか、それとも、それまでのすべてがまやかしだったのか。男はふふっと笑い出す。そうして言う。

「まあいい。自分で注ぐさ。あとでいい。あとで。あとで」

そして――テレイドスコープを取り出して、階下を眺める。カメラはそのテレイドスコープからの眺めを映し出す。彼が焦点を当てたのは、〈彼女〉の目。その目が、テレイドスコープの仕組みによって、無数に輝きだす。

不意に、「アナベル・リイ」の一節が浮かんだ。

〈輝ける星たちは見えない、輝ける瞳たちなら見えるけれど〉

そのフレーズが、どういうわけか、いつぞやの黒猫の言葉と、重なった。

――僕の好きな眺めが、ここにある。

それはもちろん、スクリーンのどこにもない言葉。勝手に自分が抱いたイメージ。あるいはメッセージ。

その無数に映し出された〈彼女〉が、次の瞬間、光る。テレイドスコープのガラスが何かの衝撃で弾《はじ》けて、粉々になり、闇が残る。アトリエに〈彼女〉はなく、ガラスのカンバスもない。ただ、何もないところに筆を動かすエドガーの姿がある。

そこで――エンドロールが流れ出す。

4

「じつは芸術映画祭のコンペに出す作品を撮ってくれと前から頼まれていてね。僕は来年、大著を出す。おそらく辞書二冊分くらいの内容になるだろう。『忘却のメカニズム』というタイトルで世界二十カ国で同時翻訳される。内容は例の〈遊動図式〉の概念にまつわる話になる。そのコンテクストのよりアクチュアルな実例として、短篇映画『幻滅』の製作が実現した。言うなれば、論文とこの映画はセットとなっている」

　黒猫は無音でエンドロールが流れるあいだに、そう言った。

　暗闇の中で、黒猫の声だけが響く。

「……つまり、多くの人はこれを論文とともに観るってこと？」

「そう。この映画が生まれたのは偶然だった。企画の芽は早い段階からあった。そのための資金も用意されていた。だが、どう集約していくべきかわからなかった。とどのつまり、この半年あまりの出会いが、結果的にこの作品を生んだというべきだろうね。赤城藍歌の歌声がなければ、〈アナベル〉を〈彼女〉に変える最後のマジックは成立しないし、そもそもエドガーを演じられるのは、美も醜も体現した存在でなければならず、かつて世界中からその美を求められた平埜玲しか考えられなかった。

　網野美亜は絵の中と外を行き交う演者として、さらには作中で実際にコラージュやトレースを巧みに取り入れた絵画を何点かお願いした。そして、これらを壮大な実写作品にまとめられるのは、魚住ゆうしかいなかった。彼が廃墟撮影に一つのピリオドを打つタイミングで、動画を撮ってみないかと誘えたことで一気に点が線へと変わり、映画が走り出した」

　赤城藍歌が黒猫に渡したというのは歌の録音だったのだろう。おそらくは《ぶどうのうた》の、それも彼女しか知らない歌詞のバージョンを、逆再生したもの。逆再生された日本語の歌詞とメロディは、なぜか異国情緒に満ちた歌に変わるものだ。

そして、美亜の場合は複数の絵を渡しただけに留まらず、演者として〈つかの間の恋人を演じた〉、そう、文字通りに〈彼女〉を。さらに魚住ゆうはぎりぎりまでこの極秘プロジェクトの編集作業に携《たずさ》わっていた。こちらが電話をかけたタイミングが、黒猫にデータを送った直後だったのだろう。

「そしてこの映画は、『忘却のメカニズム』を語る表現体でもある。つまり理論と実践のような関係にある。しかし——君には、この作品を論文より先に観てほしかった」

5

「なぜ……私に先に観てほしかったの？」

尋ねながら、尋ねる必要があるのだろうか、とも考えていた。

「論文と照応することで消えてしまう香りがある。私的ノイズとでもいうものが」

「私的、ノイズ……」

ガラス、テレイドスコープ、酔芙蓉、押し花……。そこに、すべてが刻印されていた。

「この数年の、僕らに起こったことの、すべて」

黒猫への想いが揺らいだことは、一度たりともなかった。ある時期から葛藤を抱くようになっただけだ。

——ときに人間にとって恋や愛よりも重要なのは、必要とされている確かな手ごたえだ。そして、私はそれを君に与えることができる。

一年前、灰島からこれ以上ないほど明確な告白をされ、こちらは何も答えなかった。自分には黒猫がいる、と返すのは簡単だった。だが、そんなことは灰島はとうに知っている。知っていて、そう言ったのだ。わかっていたのは、それが灰島にとっての切実な告白であったということ。

誰を選び、誰を救うか。

母が、重い病名でふたたび入院したのはその直後のことだった。すぐに重症化することはないが、完治も難しいという話だった。あと何年母と暮らせるのか、ということを考え、いったん研究者人生に休止符を打ってもいいのではないか、という考えが生まれた。

それは〈私〉ではなくて、小さな生を生きる〈わたし〉の発想だった。そこには、思考し続ける〈私〉に輪郭を与えてくれる黒猫でも把握しきれない未知なる感情が渦巻いていた。そして、ただぼんやりとした〈わたし〉に無償の契約が必要だと考えた。それは、他人同士が生涯共に暮らす契約をナンセンスと捉える者とは交わせないもの。

それを交わすこと自体はできたとしても、意味がまるでちがう。それは、そう、〈わたし〉にとってはエッフェル塔なんかではないのだ。
「君の葛藤は、そばで見ていてよくわかった。理由は僕たちの関係性にもあったかもしれない。僕は言葉で表さないし、それは君も同じだ。我々は言葉にしたとたんに何かが失われることをつねに恐れながらここまで来た。たしかな絆を手にしたように見えたときも数知れずあって、その絆を永遠のものにできると確信する瞬間も、多々あった。だが、結局のところ、僕らはそれぞれの充足を選んだ。充足とは、それぞれが己の思考で未来を選び取ること。その結果、僕らは——それまでのように、同じ風景を見ている必然性がなくなったんだよ」

黒猫に追いつきたい、追いつきたいと願ううちに、気づけばなんでも自分で考えて行動し、判断できるようになっていた。誰に頼ることもなく、自分の目で世界をみる。そうなったとき、たとえまったく違う場所に生きて、まるでべつの考えをもっていても、ある意味では共に生きているような自律性が備わってしまった。

右目と左目になって世界を見ていた二人が、気がつけば、となりを歩かず、まったくべつの世界線にいても、成立するようになった。

そして、そんな〈私〉の自律の裏で、〈わたし〉は小さな生活に思いを馳せていた。母の面倒を見る。母は嫌がるだろうけれど、それは自分が決めたこと。そして、そのために、しばらくの間は研究生活をやめる。その〈わたし〉を支えてくれるのは、灰島に思えたのだ。

苦悩はそのあとで起こった。

はっきりとした別れの言葉は、黒猫との間になかった。ただ、目には見えない隔たりが、しかしはっきりと生まれた。その隔たりに、黒猫のほうではすぐに何かを察したようだった。

「たぶん、唐草教授が嘘までついて君に僕を探すように頼んだのは、僕を大学に引き止めるためじゃなく、君が研究に休止符を打つという決断を止めたかったんじゃないかと思うよ。そのためには、僕との対話が不可欠だろうと、きっとそう考えたんだ」

恐らく、その通りなのだろう。唐草教授は、最近自分が身辺整理を始めていたことを敏感に察知していたのに違いない。その理由はわからずとも、こちらの並々ならぬ覚悟は、行動のなかに透けて見えていたのだろう。

「でも、唐草教授は一つだけ見誤ったね。君にはすでに対話を必要としないだけの自立と自律が生まれていたんだ。そして、君は僕にも何も告げずに決断した」

「大切なのはね、今もそうなの」

「知ってるよ。それ以上の言葉は要らないな」

「うん……そうね、やめる」

「過去は消えない。ナノ秒単位で刻まれる時のなかに、すでに永遠がある。すなわち、我々が過去から未来へと進んでいるのではなく、我々はつねに次の永遠へとシフトしているに過ぎない。我々が捨て去った風景もまた、未来永劫そこで回転を続ける」

「私は忘れないよ、ずっと」

「〈忘れない〉は、やがて自分自身の呪いになっていく」

呪い、という強い言葉で、黒猫は突き放した。

「『忘却のメカニズム』の中にも書いているが、〈遊動図式〉は脳内でつねに動いている。しかし、動き回っているがゆえに、ある死角に入ってしまうと、対象へのイメージが動き出さない現象が起こる。脳内の小人がスルーするわけだ。しかし、そのような〈遊動図式〉のイメージの喪失があるからこそ、またどこかのタイミングでの発見もある。

それはたとえば、ポップアートにおける、手垢のついたイメージの転用による再発見という手法からも見えることだ。我々がイメージを喪失していなければ、そもそもコラージュの概念もまったく意味を為さない。我々が無慈悲なイメージの喪失を繰り返すのは、その軌跡は永遠であると知っているからだ。その軌跡が絶対的なものであるからこそ、忘れて生きることが可能となる」

トポスが芸術から、私的領域にシフトした。そう、それは黒猫と自分には必要な転移。たとえまどろっこしくても、このような経路でしか、どうしても話せないことがある。

「そうなのかな……」

まだ、自分のなかではその答えがどうしても出ていない。答えは明らかなようでもあり、噛もうとするよりも前に溶けて消えてしまう綿菓子のようでもある。

数カ月前、ある決心を固めていた。

灰島からのプロポーズを受け入れること。だが、結局その直後に黒猫の失踪が持ち上がり、すべてをストップさせることになった。

「〈遊動図式〉の小人のように軽やかでいい。それ以上の何も要らない。これは僕らが新たな世界に踏み出すための映画だ」

アナベルがどこなのか探しかけ、それすら忘却の彼方へとやってしまった男。それは、あの十月三日、酒場で酔いつぶれた時のポオの心理であったのか。

「今日は、来てくれてありがとう。それがすべてだ」

「……うん」

こちらこそ、と言うべきなんだろうか。けれど、そんなことは言えなかった。

ごめんなさい、でもない。

誰がわるいわけでもない。

ただ、人間としての輪郭をもって生きようと選んできた、その積み重ねが今なのだ。

もしもこれ以上の言葉をつらねれば、それはまた過去に縛られていくに過ぎない。

毎日の、平坦な道のどこかに、これまでとこれからを分ける境界線がある。

毎日、毎時間、毎分、毎秒。そのすべてに選択がある。その都度、正解を選び取れるほど人間は器用ではない。けれど、とにかく今だけを見つめていく。

来た道は――振り返らず。

忘却のメカニズムに従うことを、恐れまい。

流れ続けるクレジットをじっと見る。上昇しては消える文字は、これまでの記憶と似ていた。黒猫が四人のイリュージョニストと対話を重ねることで生まれた映像がいま、ひとつのメカニズムを仕掛けて終わろうとしている。

最後のエンドの文字が出るまで、目から雫《しずく》が零《こぼ》れなかったのは、ある意味で奇跡だったかもしれない。

だが最後、我慢していた感情が流れだした。

「黒猫……私……」

手を伸ばそうとした。

けれど——つかんだのはシートのひんやりとしたひじ掛けだった。

黒猫はすでに、音もなく席を立った後だった。

映画館のひじ掛けに残されたかすかな黒猫のぬくもりに触れたまま、しばらくのあいだ、立ち上がることができなかった。

主要参考文献

『ポオ小説全集Ⅰ』エドガー・アラン・ポオ／阿部知二他訳／創元推理文庫
『ポオ小説全集Ⅳ』エドガー・アラン・ポオ／丸谷才一他訳／創元推理文庫
『ポオ　詩と詩論』エドガー・アラン・ポオ／福永武彦他訳／創元推理文庫
『純粋理性批判』カント／篠田英雄訳／岩波文庫
『タイトルの魔力　作品・人名・商品のなまえ学』佐々木健一／中公新書
『ヴィスコンティ　壮麗なる虚無のイマージュ』若菜薫／鳥影社
『現代アート事典 モダンからコンテンポラリーまで…世界と日本の現代美術用語集』美術手帖編／美術出版社
『廃墟の美学』谷川渥／集英社新書
『ゾンビの帝国　アナトミー・オブ・ザ・デッド』西山智則／小鳥遊書房
『芸術学ハンドブック』神林恒道、潮江宏三、島本浣編／勁草書房
『美学辞典』佐々木健一／東京大学出版会
『美学のキーワード』W・ヘンクマン／K・ロッター編／後藤狷士、武藤三千夫、利光功、神林恒道、太田喬夫、岩城見一監訳／勁草書房
『ジャポニスム　日本アイ・ビー・エム美術スペシャル記念出版』高階秀爾監修／平凡社編／日本アイ・ビー・エム株式会社
『増補　シミュレーショニズム』椹木野衣／ちくま学芸文庫

黒猫《くろねこ》と語《かた》らう四人《よにん》のイリュージョニスト

二〇二三年三月二十日　印刷
二〇二三年三月二十五日　発行

著　者　森《もり》　晶《あき》　麿《まろ》
発行者　早　川　浩
発行所　株式会社　早　川　書　房
郵便番号　一〇一 - 〇〇四六
東京都千代田区神田多町二ノ二
電話　〇三 - 三二五二 - 三一一一
振替　〇〇一六〇 - 三 - 四七七九九
https://www.hayakawa-online.co.jp
定価はカバーに表示してあります

印刷・製本／中央精版印刷株式会社

ISBN978-4-15-210224-9 C0093

乱丁・落丁本は小社制作部宛お送り下さい。
送料小社負担にてお取りかえいたします。